LA METAMORFOSIS

y otros relatos

ALMA POCKET ILUS

T0043669

LA METAMORFOSIS

y otros relatos

Franz Kafka

Ilustraciones de
Santiago Caruso

Edición revisada y actualizada

Títulos originales:
Die Verwandlung
Das Urteil
Brief an den Vater

La presente edición se ha publicado con la autorización de Editorial EDAF, S. L. U.
© Traducción: R. Kruger
Ilustraciones: Santiago Caruso

© de esta edición:
Anders Producciones S. L., 2020
info@editorialalma.com
www.editorialalma.com

Diseño de la colección: lookatcia.com
Diseño de cubierta: lookatcia.com
Maquetación y revisión: LocTeam

ISBN: 978-84-18008-54-2
Depósito legal: B28116-2019

Impreso en España
Printed in Spain

El papel de este libro proviene de bosques gestionados de manera sostenible.

ÍNDICE

LA METAMORFOSIS

Cuando una mañana se despertó después de un sueño agitado, Gregor Samsa se encontró en su cama transformado en un espantoso insecto. Se encontraba tumbado sobre el quitinoso caparazón de su espalda y, al levantar la cabeza, vio la forma convexa de su vientre, de color oscuro, cruzado por curvadas durezas, cuyo relieve casi no podía soportar la colcha, que estaba a punto de deslizarse hasta el suelo. Numerosas patas, lastimosamente delgadas, comparadas con el grosor normal de sus piernas, presentaban ante su mirada el espectáculo de un movimiento sin sentido.

¿Qué es lo que me ha pasado?

No se trataba de un sueño. Su habitación, una habitación corriente aunque bastante pequeña, se le presentaba como siempre, entre sus cuatro paredes demasiado conocidas. Sobre la mesa, encima de la cual estaba desordenado un muestrario de telas —Samsa era viajante de comercio—, pendía una lámina sacada no hacía mucho de una revista ilustrada y bellamente enmarcada en madera dorada. El motivo de la estampa era una señora cubierta con un gorro de pieles, quien, muy derecha, sostenía un manguito de grandes dimensiones, dentro del cual no se veía su antebrazo.

Gregor dirigió después la mirada hacia la ventana. El día estaba nublado (se oía el repiqueteo de las gotas de lluvia sobre el cinc que recubría el alféizar) y le produjo una honda tristeza.

«Veamos —pensó—. ¿Qué ocurriría si continuase durmiendo un poco más y dejase de lado toda fantasía?» Pero esta pretensión era completamente impracticable, ya que la costumbre de Gregor era dormir sobre el lado derecho, y en la posición en que se hallaba, le era imposible conseguir esa postura. Pese a que procuraba mantenerse sobre el lado derecho, necesariamente volvía a caer sobre la espalda. Innumerables veces intentó sin resultado positivo lograrlo. Cerró los ojos para evitarse el espectáculo de aquel rebullir de piernas, que no terminó hasta que un dolor ligero, pero punzante a un tiempo, un dolor que nunca había experimentado hasta ahora, empezó a molestarle en el costado.

«¡Ay, Dios mío! —dijo para sí mismo—. ¡Qué profesión tan dura la mía! Un día sí y el otro también viajando de un sitio para el otro. El trabajo ocasiona mayores preocupaciones cuando se realiza fuera que cuando se trabaja en la misma tienda, eso sin considerar la calamidad de los viajes, el estar pendiente de los enlaces de trenes, comer mal a horas intempestivas, relaciones con personas siempre distintas, y que no duran nada, en las que es imposible lograr la menor amistad, y apartadas siempre de los verdaderos sentimientos. ¡Al demonio con todo!»

Sintió una leve picazón en el vientre. Muy despacio se estiró sobre la espalda, procurando llegar a la cabecera, para poder levantar mejor la cabeza. Se fijó en que el lugar que le picaba estaba cubierto de unos puntitos blancos, que no supo a qué atribuir. Intentó obtener alivio frotando el lugar del escozor con una pierna, pero tuvo que separarla rápidamente, pues el roce le dio escalofríos. «Madrugo demasiado —se dijo— y está uno aturdido completamente. Se necesita dormir lo suficiente. Otros viajantes se pegan una vida de pachás. Cuando regreso al mediodía a la fonda, para pasar en limpio los pedidos, están sentados muy tranquilos despachando el desayuno. Pero si yo, con el jefe que me ha tocado, pretendiese hacer igual que ellos, sería despedido en breve. A lo mejor esto sería lo que más me convendría. Si no fuese por mi familia, hace ya tiempo que me hubiese largado. Habría ido a ver al jefe, y sin pelos en la lengua le hubiese dicho muy claro lo que pienso. ¡Se habría venido abajo del pupitre! Así es muy fácil, sentado encima del pupitre, para desde esa altura dirigirse a los empleados. Como además es sordo, tiene que ponerse casi debajo de él. Lo último que se pierde es la esperanza, como suele decirse. En cuanto haya podido ahorrar para pagarle lo que deben mis padres —por lo menos cinco o seis años aún—, ¡como que me llamo Samsa que lo hago! Y entonces sí que me sitúo. Bueno; pero ahora no queda más que levantarse, que el tren sale a las cinco.»

Dirigió los ojos al despertador, que repetía su tictac encima del baúl.

«¡Dios mío!», exclamó para sí mismo.

El reloj señalaba las seis y media, y las manecillas continuaban su camino tranquilamente. Vale decir que ya era más tarde. Las manecillas se acercaban a menos cuarto. ¿No debía haber sonado el despertador? Desde la cama podía ver que, en efecto, estaba puesto a las cuatro; por consiguiente, debía haber tocado. ¿Se podía seguir durmiendo tranquilamente, a pesar del ruido que incluso hacía vibrar los muebles? Había tenido un sueño agitado, pero por eso seguramente muy profundo.

¿Qué debía hacer ahora? El próximo tren no salía hasta las siete. Era casi imposible llegar a tiempo, aunque se diese toda la prisa posible. No tenía preparado el muestrario, y además no tenía ninguna gana de ponerse en movimiento. Pero, aunque pudiese tomar el tren, no por eso se evitaría ya el rapapolvo del jefe, pues el mozo del almacén, que seguramente había bajado en el tren de las cinco, notaría su falta y se habría apresurado a decírselo. Era un individuo a la medida del jefe, indigno y desleal con los compañeros. También podía decir que estaba enfermo. ¿Qué podía pasar? Lo más seguro es que no se lo tragasen, pues en los cinco años que hacía que trabajaba en la casa no había estado enfermo ni una sola vez. Lo más probable era que viniese el jefe de personal con el médico del seguro. Le pondrían verde ante sus padres, acusándolo de ser un perezoso, y no admitirían sus razones, basándose en el diagnóstico del medicastro, para el cual todos estaban sanos mientras no se muriesen, y sólo padecían de terror al trabajo. Y para ser sinceros, no hubiera estado esta vez nada equivocado. Aparte de un resto de sueño, por supuesto injustificado después de haber dormido a pierna suelta, Gregor se encontraba muy bien, y con un hambre canina.

Mientras divagaba desordenadamente, sin acabar de decidirse a levantarse, y precisamente en el instante en que el despertador señalaba las siete

menos cuarto, llamaron discretamente a la puerta que quedaba al lado de la cabecera de su cama.

—Gregor —dijo la voz de la madre—, ya son las siete menos cuarto. ¿No tenías que irte de viaje?

¡La dulce voz de su madre! Gregor se espantó al oír el contraste con la suya propia, que era la habitual, pero que se oyó confundida con un penoso e irreprimible silbido, en compañía del cual las palabras, al principio claramente distinguibles, se confundían luego, sonando de un modo que no tenía uno la seguridad de haberlas oído. Gregor le hubiese podido contestar ampliamente, explicando todo, pero, en vista del cambio, sólo dijo:

—Sí, sí, madre, gracias. Me levanto ahora mismo.

Es posible que a través de la madera de la puerta no se notase el cambio que había sufrido la voz de Gregor, pues la madre pareció quedarse conforme con la contestación y se marchó. Pero este breve diálogo puso en conocimiento al resto de los componentes de la familia de que Gregor, pese a que se le suponía ya fuera, se encontraba aún en casa. Luego llegó también el padre y, llamando ligeramente a la puerta, exclamó:

—Gregor, Gregor, ¿pasa algo? —Después de un instante, repitió su nombre con voz más alta—: Gregor, Gregor.

Entre tanto, detrás de la otra hoja de la puerta sonaba dulcemente, como un lamento, la voz de su hermana:

—Gregor, ¿no te sientes bien? ¿Quieres alguna cosa?

—Estaré fuera enseguida —contestó Gregor a los dos, procurando pronunciar bien y hablando muy despacio para ocultar el sonido insólito de su voz.

Volvió el padre a desayunar, pero la hermana se quedó susurrando:

—Abre la puerta, Gregor, te lo ruego.

Cosa que no pensaba hacer Gregor de ninguna manera, sino que se alegraba de la precaución que había adoptado en sus viajes de encerrarse con llave en su cuarto durante la noche, lo que hacía también en su misma casa.

Debía empezar por levantarse sin prisas y vestirse tranquilamente sin que lo molestasen, y sobre todo desayunar. Después de terminar todo esto, consideraría lo demás, pues le era muy difícil pensar en la cama. Debía tomar sus resoluciones una vez levantado. Ya había notado algunas veces, mientras estaba en la cama, un ligero dolor, causado sin duda por alguna postura incómoda, y que luego al levantarse se esfumaba como si hubiese sido un producto de su imaginación. Sentía curiosidad por saber qué pasaría cuando se levantase ahora. Estaba seguro de que el cambio que había notado en su voz era simplemente el anuncio de un resfriado monumental que se aproximaba, enfermedad muy frecuente en las gentes de su profesión.

Echar la colcha a un lado nunca había constituido un problema. Sería suficiente incorporarse un poco, y esta caería al suelo por sí sola. Pero el problema estribaba en la desmesurada anchura de su cuerpo. Para incorporarse, era necesario hacerlo apoyándose en manos y brazos, pero éstos no los tenía, y en su lugar había ahora numerosas patas en permanente agitación y le era imposible controlarlas. Y la cuestión es que quería levantarse. Conseguía estirarse. Pudo al fin controlar una de sus patas, pero las otras continuaban su incontrolado y doloroso rebullir.

«No conviene quedarse en la cama hasta tan tarde», pensó Gregor. Empezó por tratar de sacar del lecho la parte inferior del cuerpo. Pero esa parte, que por lo demás no había visto aún, y de la cual no tenía la menor idea de cómo era, le resultó casi imposible de mover. Lo intentó muy despacio y cuidadosamente, luego ya perdió la calma y, haciendo un violento esfuerzo, se arrastró hacia delante. Pero midió mal la dirección, y se propinó un golpe fortísimo contra las barras de la cama. El dolor que le causó le probó con su intensidad que la parte baja de su cuerpo era probablemente en aquel nuevo estado la más delicada. Intentó sacar primero la parte superior del cuerpo y comenzó por volver la cabeza con sumo cuidado hacia el borde de la cama. El movimiento fue perfecto, y, pese a su anchura, el cuerpo acompañó por fin, aunque despacio, el movimiento que había empezado la cabeza. Pero al encontrarse con ésta suspendida en el aire, se asustó de continuar saliendo de esa forma, ya que si se dejaba caer así, sólo un milagro era capaz de evitar que se descalabrara la cabeza, y era ahora precisamente cuando más intacta deseaba conservarla. Ante el riesgo, era preferible seguir en la cama.

Pero cuando después de repetir semejantes esfuerzos a los anteriores, y suspirando profundamente, se encontró de nuevo en la posición primera y volvió a ver sus patas poseídas de una excitación frenética, comprendió claramente que le era imposible por sus solas fuerzas salir de aquella absurda situación. Pensó otra vez que no podía seguir más tiempo en la cama y que lo más sensato era volver a correr el riesgo, aunque fuese pequeña la esperanza de obtener el éxito. Pero enseguida reflexionó que, en vez de tomar decisiones heroicas, debía pensarlo mejor. Miró con esperanza hacia la ventana, pero lamentablemente la intensa niebla, que aquella mañana no dejaba ver las casas de enfrente, no era lo más adecuado para sentirse optimista y esperanzado. «Ya son las siete —se dijo al oír el despertador—. ¡Las siete de la mañana, y no se ha despejado la niebla!» Se quedó unos instantes echado, completamente inmóvil y respirando despacio, como si durante aquel silencio confiase retornar a su estado normal.

Después de un rato, pensó: «Tengo que levantarme antes de que sean las siete y cuarto. Pues es casi seguro que vendrá algún empleado de la tienda a averiguar qué pasa, ya que entran antes de las siete». Y se preparó a bajar de la cama, imprimiendo un balanceo con todo su cuerpo. Si se dejaba caer así, manteniendo muy levantada la cabeza, era probable que ésta saliese bien librada del lance. La espalda parecía ser bastante fuerte. No le causaría mucho daño el golpe contra la alfombra. Lo único que le preocupaba era el estrépito que originaría, con las consecuencias que no eran difíciles de prever: alarma y susto en la casa o por lo menos inquietud. Pero no había otra salida. Debía correr ese riesgo.

Se encontraba ya con medio cuerpo fuera de la cama (la nueva tarea era más un pasatiempo que un trabajo, pues todo consistía en balancearse constantemente hacia atrás), cuando se le ocurrió repentinamente que sería todo más fácil si acudía alguien en su ayuda. Bastaban dos personas fuertes (podrían ser su padre y la sirvienta). No tendrían más que levantarlo por debajo de su abombada espalda, extraerlo del lecho y luego, agachándose con su carga, dejarle que se estirase sin trabas en el suelo, donde era de esperar que las numerosas patas cumplirían su función. Pero debía preguntarse, aparte de estar la puerta cerrada, si era conveniente solicitar ayuda. Olvidándose un instante de su situación, no pudo evitar sonreírse.

Estaba ya tan salido de la cama que bastaba solamente un balanceo más fuerte para precipitarse al suelo. No tenía más remedio que tomar una resolución, pues la hora pasaba e iban a ser las siete y cuarto. En ese momento llamaron a la puerta del piso. «Debe ser alguien de la tiendas», pensó Gregor, a la espera de que se confirmase su apreciación, mientras las patas se movían cada vez más desacompasadamente. Durante un instante todo quedó en silencio. «No abren», se le ocurrió, agarrándose a tan absurda esperanza. Pero, como debía suceder, se sintieron las recias pisadas de la sirvienta, que se dirigía a la puerta. Y ésta fue abierta. Sólo la primera palabra que dijo el visitante fue suficiente para que Gregor supiese de quién se trataba. Era el jefe de personal. ¿Por qué tenía que trabajar en aquella casa, en la que el más pequeño incumplimiento del horario suscitaba enseguida las más pavorosas sospechas? ¿Acaso todo el personal, uno por uno, era un atajo de sinvergüenzas? ¿No había entre todos alguna persona honesta que, después de perder dos horas por la mañana, fuese presa de fuertes remordimientos y estuviese en situación de dejar la cama? ¿No era bastante enviar a un botones a que preguntase, admitiendo que fuese necesario hacerlo, sino que era preciso que apareciese nada menos que el señor jefe de personal para hacer saber a la familia que la importancia de tan tremebundo asunto exigía su intervención? Y Gregor, excitado por estos pensamientos, se precipitó enérgicamente al suelo. Se oyó un golpe apagado, que no produjo un estrépito excesivo. La alfombra hizo de paragolpes, y la espalda demostró tener más resistencia de lo que Gregor suponía. Todo contribuyó a que el golpe no resultase tan trágico como se temía. Pero olvidó mantener bastante alta la cabeza; se la hirió, y el dolor le hizo frotársela furiosamente contra la alfombra.

—Ha pasado algo dentro de esa habitación —dijo el jefe de personal en la habitación contigua.

Gregor intentó consolarse imaginando que pudiese pasarle al jefe de personal lo mismo que a él, lo que podía estar dentro de lo posible. Pero éste, como chafando su suposición, empezó a andar por la habitación vecina, pisando fuertemente y haciendo chirriar el charol de sus botas. Como un susurro, le llegó desde la habitación contigua de la derecha la voz de su hermana dándole la noticia:

—Gregor, ha llegado el jefe de personal.

«Ya lo he oído», replicó Gregor para sí mismo. Pero no se atrevió a elevar la voz, ni tan siquiera para que pudiese oírlo su hermana.

—Gregor —sonó por fin la voz del padre desde la habitación de la izquierda—, está aquí el señor jefe de personal, y nos pregunta por qué no saliste en el primer tren. No sabemos qué decirle. Quiere también hablar personalmente contigo. Abre la puerta. El señor jefe de personal nos disculpará por el desorden del cuarto.

—¡Buenos días, señor Samsa! —exclamó amablemente el jefe de personal.

—No debe estar bien —dijo la madre dirigiéndose a éste, en tanto que el padre persistía hablando junto a la puerta—. No debe sentirse bien, estoy segura, señor jefe de personal. Si no, ¿cómo podría Gregor perder el tren? Si no piensa en otra cosa que no sea su trabajo. Si incluso no me gusta que no salga ninguna noche. Por ejemplo, ahora lleva aquí casi una semana, y como le digo, ¡no ha salido ni una noche de casa! Se sienta con todos nosotros alrededor de la mesa, lee su periódico en silencio o se prepara los próximos itinerarios. Su único entretenimiento es hacer pequeños trabajos de carpintería. En dos o tres veces ha hecho un marquito. Es muy bonito, ya lo verá usted. Está colgado en la pared de su dormitorio. Enseguida podrá verlo, en cuanto abra la puerta. Además, me alegra que haya usted venido, pues a nosotros solos nunca nos hubiese abierto la puerta. ¡Es muy terco! Estoy segura de que no está bien, aunque antes dijo que sí.

—Enseguida voy —dijo muy lentamente Gregor, quieto y atento para no perder palabra de lo que se hablaba fuera.

—La única explicación es que no se sienta bien, señora —repuso el jefe de personal—. Confío que no sea nada importante. Pero me veo obligado a manifestar que nosotros, la gente del comercio, lamentablemente o afortunadamente, según como se mire, no tenemos más solución que soportar con frecuencia ligeros malestares, dando preferencia a los negocios.

—Bueno —dijo el padre, perdiendo la paciencia y volviendo a golpear la puerta—, ¿puede pasar ya el señor jefe de personal?

—No —fue la respuesta de Gregor.

En la habitación de la izquierda se hizo un silencio cargado de tristeza, mientras que en la de la derecha se oyeron los gemidos de la hermana.

¿Por qué razón no se reunía con el resto de la familia? La verdad es que se había levantado hacía un rato y estaba todavía sin vestir. ¿Por qué lloraba así? Quizá porque el hermano no se levantaba y no dejaba entrar al jefe de personal, corriendo el riesgo de perder su empleo. Si eso ocurriese, el jefe volvería a torturar a sus padres con las deudas antiguas. Por el momento no había razón para esas preocupaciones. Gregor seguía allí, y no se le pasaba por la cabeza dejar a su familia. Estaba por ahora encima de la alfombra, y a cualquiera que supiese el estado en que se hallaba no se le hubiera ocurrido pensar que podía dejar entrar al jefe de personal en su habitación. Pero esa mínima falta de cortesía, que sin duda se apresuraría a explicar después convincentemente, no constituía una falta que justificase un despido inmediato. A Gregor se le ocurrió que lo mejor que podían hacer, en lugar de importunarlo con lloros y soflamas, era dejarlo tranquilo. Pero la perplejidad en que se encontraba con respecto a sí mismo era precisamente lo que espoleaba a los demás, justificando su actitud.

—Señor Samsa —habló por fin el jefe de personal con tono altisonante—, ¿qué quiere decir todo esto? Se ha encastillado usted en la habitación. Apenas contesta. Preocupa usted gravemente, y quizá sin causa, a sus padres, y para no ocultarlo más está incumpliendo gravemente sus obligaciones laborales. Me permito dirigirme a usted en nombre de sus padres y de su jefe, y lo conmino a que se explique inmediatamente y con toda claridad. No salgo de mi asombro. Lo consideraba un hombre serio y discreto, y parecería ahora como si quisiese hacer un alarde inaudito de insensatez. Quizá lo explique lo que el jefe me comentó esta mañana referente al cobro que le encargó que hiciese efectivo usted anoche, pero yo aseguré con vehemencia que ésa no podía ser ni remotamente la razón. Pero ahora, ante semejante empecinamiento, pierdo todo interés en continuar ocupándome de usted. Su postura se torna muy incierta. Mi propósito era informarle a solas, pero, como parece que se complace usted en hacerme perder lamentablemente mi tiempo, no hay ya ninguna razón para ser discreto y evitar que lo sepan sus padres. El caso es que en los últimos meses su trabajo ha empeorado ostensiblemente. Verdad es que estamos atravesando una época difícil para los negocios. Somos los primeros en aceptarlo. Pero, señor Samsa, esto no justifica que dejemos de trabajar con toda energía para ponerlos en marcha.

—Señor jefe de personal —gritó Gregor, perdiendo completamente la calma y olvidando por la excitación todo lo demás—, enseguida voy. Voy dentro de un instante. Un leve malestar, un mareo han impedido que me levantase. Aún estoy en la cama. Pero ya estoy mejor. Me levanto inmediatamente. ¡Tendrá que esperar un momento! No estoy tan bien como quisiera. Bueno, creo que estoy algo mejor. ¡No entiendo qué pudo pasarme! Ayer por la tarde me encontraba perfectamente bien. Mis padres son testigos de ello. Aunque, pensándolo bien, ayer tuve un mal presentimiento. ¿Es raro que nadie se haya dado cuenta? Debería haberlo dicho en la tienda. Pensé con optimismo que sería una indisposición ligera que podría superar sin faltar a mis obligaciones. ¡Señor jefe de personal, sea comprensivo con mis padres! No veo justificados los cargos que me ha hecho usted ahora. Nunca me habían dado ninguna queja de mi trabajo. Seguramente no está usted al tanto de los últimos pedidos que he pasado. Pienso salir en el tren de las ocho. Creo que este par de horas de descanso me ha repuesto. No es necesario que pierda usted más tiempo, señor jefe de personal. Enseguida salgo para la tienda. Le agradeceré que lo explique allí y presente mis respetos al señor jefe.

Y mientras atropelladamente lanzaba este discurso, sin darse mucha cuenta de todo lo que decía, con la práctica aprendida en la cama, pudo aproximarse sin grandes dificultades al baúl y trató de enderezarse apoyándose en éste. Tenía el propósito de abrir la puerta y darse a ver al jefe de personal para hablar con él. Tenía curiosidad por saber cuál sería la reacción cuando apareciese ante los que tanto interés ponían en verlo. Si llegaban a alarmarse, entonces no sería suya la responsabilidad y nada tenía que temer. En el caso contrario, quedaba libre de todo problema y podía, apresurándose mucho, estar a las ocho en la estación.

Hizo varios intentos de incorporarse, pero resbaló con las lisas paredes del baúl; por último, un brinco más fuerte lo colocó de pie. Seguían sus dolores en el vientre, todavía muy intensos, pero no se preocupó. Se apoyó en el respaldo de una silla, asiéndose con sus patas a los bordes. Pudo recobrar el dominio de sí mismo, y permaneció en silencio para oír al jefe de personal.

—¿Han podido ustedes entender algo de lo que ha dicho? ¿No simulará estar loco?

—¡Dios mío —agregó la madre sollozando—, quizá se sienta mal, y nosotros lo estamos atormentando! —Y después llamó—: ¡Grete! ¡Grete!

—¿Qué quieres, madre? —respondió la hermana desde el otro lado de la habitación de Gregor, a través de la cual se hablaban.

—Vete enseguida a buscar al médico. Tu hermano está enfermo. Vete rápida. ¿Has notado el tono de su voz?

Era la voz de un animal, que hablaba muy bajo, en contraste con los gritos que profería la madre.

—¡Ana, Ana! —gritó el padre, mirando hacia la cocina a través del vestíbulo y golpeando con las manos—. Salga enseguida a avisar al cerrajero.

Luego pudo oírse por el vestíbulo el ruido de las faldas de ambas, corriendo hacia la puerta. Se oyó la puerta del piso que se abría violentamente, aunque no se oyó ningún portazo al cerrarse. Seguramente se dejaron la puerta abierta, como pasa a veces en las casas en que ha ocurrido una desgracia.

No obstante, Gregor se encontraba ya más sereno. Verdad es que sus palabras no resultaban inteligibles, pese a que a él le parecían sumamente claras, mucho más que al principio, pues su oído se iba haciendo a esos sonidos. Pero lo más importante, por el momento, era que los demás habían notado que algo inusitado le afectaba y se preparaban a prestarle ayuda. La determinación y entereza que se adivinaban en las primeras órdenes lo consolaron. Se vio nuevamente reintegrado al seno de la humanidad y aguardó a los dos, al médico y al cerrajero, distintamente capaces de acciones extraordinarias y benéficas. Y para prepararse a intervenir lo mejor posible en las conversaciones fundamentales que se producirían, carraspeó un poco, procurando hacerlo no muy fuerte, por miedo a que el ruido no resultase muy humano, lo que no estaba en disposición de distinguir.

Entre tanto, un silencio total imperaba en la habitación de al lado. Pensó que sus padres estarían sentados rodeando la mesa con el jefe de personal hablando en voz baja. O quizá estaban junto a la puerta con el oído pegado, tratando de oír algo.

Gregor se desplazó con el sillón hasta la puerta. Cuando se situó allí, dejó el sillón y se mantuvo de pie, sujeto a la puerta, pegado a ella por la humedad de sus patas. Descansó un momento por el cansancio ocasionado. Y después trató de hacer girar la llave usando la boca. Lamentablemente parecía carecer de lo que con rigor llamamos dientes. ¿Con qué podía, dada la falta de éstos, asir la llave? Entonces usó sus mandíbulas, que parecían muy resistentes, con las cuales pudo poner la llave en movimiento, sin notar el daño que se ocasionaba, pues un líquido oscuro empezó a salirle de la boca, chorreando por la llave y cayendo sobre el suelo.

—Presten atención —dijo el jefe de personal—. Está tratando de abrir la puerta.

Al oír estas palabras Gregor se animó, pero pensó que todos, su padre, su madre, tendrían que haberle gritado «¡Adelante, Gregor!». Sí, tendrían que haberle gritado «Adelante, no cejes. ¡Fuerte con la cerradura!».

E imaginando la impaciencia con que estarían pendientes de su brega, mordió la llave con todas sus fuerzas, casi desvanecido ya. Mientras ésta iba girando en la cerradura, se sostenía balanceándose en el aire, agarrado por la boca, y, a medida que iba siendo preciso, agarrábase a la llave o la apretaba hacia abajo, echando todo el peso de su cuerpo. El ruido metálico de la cerradura, abriéndose al fin, le hizo recuperarse completamente.

«Menos mal —se dijo—. No ha sido necesario que venga el cerrajero.»

Golpeó el pestillo con la cabeza para terminar de abrir.

Ese modo de abrir la puerta fue el motivo de que, aunque ya completamente abierta, no se le viese aún. Tuvo que darse la vuelta primero, con todo cuidado, apoyándose en una de las hojas de la puerta, para evitar una caída repentina de espaldas en la entrada, y todavía estaba llevando a cabo esta difícil maniobra, cuando le llegó un «¡Oh!» del jefe de personal que sonó como lo hace el bramido del viento, y pudo ver a dicho señor, que era el más próximo a la puerta, llevarse las manos a la cara y retirarse hacia atrás como empujado maquinalmente por una fuerza desconocida.

Su madre, que, pese a la presencia del jefe de personal, no había podido peinarse, estaba allí, con el pelo anudado en lo alto de la cabeza. Miró primero a Gregor con las manos juntas, se adelantó luego dos pasos hacia él y se derrumbó por fin, en medio de sus faldas arremolinadas a su alrededor, con la cara escondida en las profundidades del pecho. El padre levantó el puño como amenaza, con expresión agresiva, como si quisiera arrojar a Gregor contra el fondo de la habitación. Luego se volvió, salió con paso vacilante al vestíbulo, tapándose el rostro con las manos, y estalló a llorar de tal manera que los sollozos sacudían su amplio pecho.

Gregor, por consiguiente, no llegó a entrar en la habitación. Siguió en el interior de la suya, recostado sobre la hoja cerrada de la puerta, de forma que sólo enseñaba la mitad superior del cuerpo, inclinando la cabeza de medio lado, examinando a los presentes. Mientras, la niebla se había ido disipando y en la acera de enfrente se divisaba claramente un pedazo del oscuro edificio opuesto. Era un hospital con su fachada uniforme interrumpida por ventanas simétricas. Seguía todavía lloviendo, pero en gotas aisladas, a las que se veía llegar diferenciadas al suelo. Sobre la mesa se veía la vajilla del desayuno, pues era ésta la comida principal que hacía el padre durante el día, que se prolongaba hasta que terminaba de leer diversos periódicos. En la pared que estaba frente a Gregor pendía un retrato de éste, proveniente de su servicio militar, en el que se le veía con uniforme de teniente, con una mano en la espalda, sonriendo desenfadadamente, con una expresión que parecía demandar respeto para su vestimenta y su actitud. Esa habitación comunicaba con el vestíbulo. Por la puerta abierta se veía la del piso, que también lo estaba, el rellano de la escalera y los primeros peldaños que llevaban a los pisos de abajo.

—Bueno —dijo Gregor, persuadido de que era el único que permanecía sereno—. Me visto al instante, reúno el muestrario y salgo para la estación. Espero que me dejen salir de viaje, ¿no es así? Estará de acuerdo, señor jefe de personal, en que no soy tan terco y en que me gusta trabajar. Cansa mucho viajar, pero ya me he acostumbrado a ello y puedo decir que me agrada. Pero ¿dónde se marcha usted, señor jefe de personal? A la tienda, ¿verdad? ¿Relatará usted los hechos como han ocurrido? Puede uno encontrarse momentáneamente disminuido para cumplir con su trabajo. Es el momento en que los jefes no deben olvidar la capacidad que uno ha demostrado y pensar que, pasada la dificultad, volverá al trabajo con las fuerzas acrecentadas y la decisión de ser más útil, si cabe. Como usted bien sabe, me siento muy obligado con mi jefe. También me debo a mis padres y a mi hermana. Verdad es que estoy en una situación nada cómoda, pero trabajando la superaré. Procure usted facilitarme las cosas. Colóquese ahora en mi punto de vista. No ignoro que no se tiene aprecio por los viajantes. Los demás suponen que ganan el dinero a chorros y que tienen una vida cómoda. Lamentablemente no se conoce ninguna razón válida para que se abandone este prejuicio. Aunque usted, señor jefe de personal, está bien al tanto de cuál es la realidad, más que los empleados corrientes inclusive, y entre nosotros, más que el mismo jefe, el cual, como propietario del negocio, suele equivocarse con respecto a sus empleados. Sabe usted perfectamente bien que el viajante, por permanecer casi todo su tiempo ausente de la oficina, da lugar a múltiples habladurías y es chivo expiatorio de equívocos y quejas, sin base ninguna, contra los cuales se ve imposibilitado de defenderse, ya que casi nunca llegan a sus oídos, y solamente cuando vuelve deslomado de su viaje empieza a percibir con toda claridad los resultados negativos de una causa que ignora. Señor jefe de personal, le ruego que no se retire sin decirme que coincide usted conmigo por lo menos en algo.

Pero casi cuando empezó a hablar Gregor el jefe de personal había dado media vuelta, lo miraba de soslayo, visiblemente alarmado y con una mueca de repugnancia en la boca. Mientras Gregor hablaba, no estuvo ni un instante en calma. Se colocó en la puerta, sin quitarle ojo de encima, pero muy despacio, como si alguna fuerza ignota no le dejase salir de aquella habitación. Por fin llegó al vestíbulo, y por la rapidez con que levantó por última vez el pie del suelo se diría que había pisado fuego. Extendió el brazo derecho hacia la escalera, como si pudiese encontrar allí providencialmente la libertad.

Gregor entendió que no podía dejar salir al jefe de personal en tal estado de ánimo, ya que ello podía hacer peligrar su empleo. Es posible que no lo entendiesen sus padres tan bien como él, porque durante todos esos años habían concebido la quimera de que la posición que ocupaba Gregor en aquella casa sólo acabaría con su muerte; además con la situación presente y sus derivados quehaceres habían dejado de lado toda moderación. Por el contrario, Gregor sabía perfectamente que no podía dejar irse así al jefe de personal. Tenía que calmarlo, persuadirlo, hacerlo propicio. En ello se jugaba el futuro de Gregor y de su familia. ¡Si por lo menos estuviese allí su hermana! Era muy hábil. Ya había llorado cuando todavía Gregor descansaba tranquilamente sobre su caparazón. Era muy probable que el jefe de personal, siempre solícito con el bello sexo, se hubiese dejado manejar por ella a su antojo. Hubiese cerrado la puerta del piso y habría disipado su susto allí mismo, en el vestíbulo.

Desgraciadamente no había vuelto la hermana, y tenía que solucionarlo él sin ayuda. Sin detenerse a considerar que no conocía bien aún las posibilidades de movimiento de su nuevo estado, dejó la hoja de la puerta en que se apoyaba y se desplazó por la abertura que formaba con la otra, con el propósito de aproximarse al jefe de personal, que permanecía en actitud ridícula agarrado a la barandilla de la escalera. Pero la caída fue inmediata, aunque hizo vanos esfuerzos para sostenerse sobre sus numerosas y diminutas patas, profiriendo un leve quejido.

Enseguida, y por primera vez en aquel día, se notó invadido por una sensación de placidez; las patitas, colocadas sobre el suelo, procuraban trasladarlo a donde deseaba ir, y tuvo la impresión de que se había puesto punto final a sus padecimientos. Pero en el momento crítico en que Gregor, a causa del movimiento reprimido, se balanceaba pegado al suelo, cerca y enfrente de su madre, ésta, pese a parecer desmayada, dio repentinamente un salto y empezó a gritar, extendiendo un brazo y señalándolo con el dedo.

—¡Socorro! ¡Dios mío! ¡Auxilio!

Inclinó la cabeza para ver mejor a Gregor, pero enseguida, como invalidando esta idea, se desplomó hacia atrás, cayendo como muerta sobre la mesa, y, sin tener en cuenta que estaba todavía puesta, quedó sentada en ella, sin reparar en que a su lado el café se volcaba de la cafetera, cayendo en chorro sobre la alfombra.

—¡Madre! ¡Madre! —musitó Gregor, mirándola de abajo arriba. Por un instante se borró de su mente el jefe de personal, y no pudo evitar, al ver el café derramado, que sus mandíbulas se abriesen y se cerrasen varias veces en el aire. Se produjo un nuevo chillido de la madre, que abandonó huyendo la mesa, para echarse en brazos del padre, quien salía a su encuentro. Pero ya no tenía tiempo Gregor para seguir ocupándose de sus padres. El jefe de personal estaba ya en la escalera, apoyada la barbilla sobre la barandilla, dirigiendo una postrera mirada a aquella escena. Gregor cobró impulso para procurar alcanzarlo, pero aquél se lo imaginó y salió disparado, no sin proferir antes unos gritos que resonaron en toda la escalera.

Para colmo de males, la huida del jefe de personal alteró por completo al padre. En vez de correr tras éste para darle alcance, o al menos para dejar que lo hiciese Gregor, asió con la diestra el bastón que el jefe de personal parecía haber olvidado, así como su sombrero y su abrigo, depositados en una silla, y empuñando con la otra mano un grueso periódico, que estaba encima de la mesa, propinó fuertes patadas en el suelo, enarbolando el papel y el bastón y haciendo replegarse a Gregor hasta el fondo de su dormitorio. De nada valieron a éste sus ruegos, que no fueron comprendidos, y, pese a que volvió la cabeza gacha hacia su padre, sólo consiguió que aumentara su furioso pataleo.

Mientras tanto la madre, a pesar de lo inclemente del tiempo, había abierto una de las ventanas y, pronunciadamente inclinada hacia afuera, se tapaba la cara con ambas manos. Al juntarse el aire de la calle con el que entraba por la escalera, se generó una corriente muy fuerte. Se hincharon las cortinas de la ventana. Sobre la mesa cobraron movimiento los periódicos, y algunas hojas desprendidas revolotearon por el suelo. El padre, implacable, apresuraba la retirada con fieros bufidos. Gregor carecía todavía de experiencia en andar hacia atrás, y la cosa iba muy lenta. ¡Si hubiera podido darse la vuelta! En un santiamén hubiera vuelto a su cuarto. Pero recelaba irritar más al padre con su tardanza en volverse. Éste, con el bastón enarbolado, parecía decidido a romperle la crisma.

No le quedó más solución que volverse, pues notó irritado que andando hacia atrás le era de todo punto imposible mantener la dirección correcta. Sin cesar de mirar angustiado, empezó la vuelta, con la mayor rapidez que pudo, que resultó extraordinariamente lenta. Sin duda, el padre no dejó de notar su excelente intención, pues hizo un alto en su acoso, pilotando incluso a distancia con la punta del bastón la maniobra giratoria, acompañada de aquel implacable silbido. ¡Si por lo menos cesase! Esto era lo que desconcertaba a Gregor.

Cuando ya estaba a punto de finalizar la vuelta, el bufido lo hizo errar, induciéndolo a retroceder un trecho. Al fin consiguió verse frente a la puerta. Pero entonces se dio cuenta de que su cuerpo era excesivamente ancho para atravesarla como estaba. El padre, en el estado de ánimo en que se encontraba, no le presentó el simple recurso de abrir la otra hoja de la puerta para dejar el espacio que se requería. Estaba dominado por una sola idea: la de que Gregor debía introducirse con la mayor rapidez posible en su habitación. Tampoco hubiera tolerado los premiosos preparativos que necesitaba Gregor para levantarse y atravesar la puerta. Como si no hubiese para ello inconveniente ninguno, azuzaba hacia delante a Gregor con un creciente estruendo. Éste sentía tras de sí una voz que nunca hubiera pensado que la emitiese un padre. ¡No estaba el horno para bollos! Gregor, sin reparar en medios, se comprimió en el marco de la puerta. Se levantó de medio cuerpo. Quedó cruzado en el umbral, con el costado totalmente comprimido. En la pintura de la puerta se formaron unas manchas repugnantes. Se quedó allí atrancado, sin posibilidad de efectuar ningún movimiento. Las patitas de uno de los lados oscilaban en el aire y las del otro estaban penosamente apretujadas contra el suelo... En esta postura el padre le propinó un golpe contundente y liberador, que lo impulsó hasta el medio del cuarto, sangrando abundantemente. Después cerró la puerta con el bastón y todo pareció tornar a la calma.

Estaba anocheciendo, cuando se despertó Gregor de un sueño profundo, más parecido a un desmayo. No hubiera tardado mucho en espabilarse por sí solo, pues había ya dormido mucho, pero tuvo la impresión de que fue despertado por el murmullo de unos pasos sigilosos y el ruido de la puerta del vestíbulo cerrada suavemente. El reflejo del tranvía pintaba de manchas luminosas el techo de la habitación y la parte alta de los muebles, pero abajo, donde yacía Gregor, imperaban las tinieblas.

Despacio, y todavía con indecisión, explorando con sus tentáculos, cuya utilidad ya había comprobado, se desplazó hacia la puerta para averiguar lo que había pasado. El lado izquierdo de su cuerpo era una extensa y repulsiva llaga. Caminaba cojeando, de modo alterno y acompasado, sobre cada una de sus dos hileras de patas. Además, una de éstas, dañada en el accidente de la mañana —por un milagro las demás resultaron indemnes—, se arrastraba sin movimiento.

Cuando llegó a la puerta, pudo comprender que le había atraído el olor de algo comestible. Halló una escudilla, llena de leche con azúcar, en la que flotaban pequeños trozos de pan blanco. Se llenó de júbilo al verla, pues su hambre era mucho mayor que por la mañana. Enseguida hundió la cabeza hasta cerca de los ojos en el líquido, pero tuvo que levantarla defraudado, pues no eran solamente los destrozos del lado izquierdo lo que tornaban difícil la operación (para comer debía imprimir movimiento a todo el cuerpo), sino que además la leche, hasta ahora la bebida que más le gustaba —seguramente por eso la había puesto allí su hermana—, no le agradó en absoluto. Se separó casi asqueado del recipiente y volvió a deslizarse hasta el centro de la habitación.

Por la rendija de la puerta observó que la luz estaba encendida en el comedor. Pero, en contraste con lo habitual, no se oía al padre leer en voz alta a la madre y a la hermana el periódico de la tarde. No se oía ningún ruido. Era posible que aquella costumbre a la que se refería siempre la hermana en sus cartas se hubiese extinguido últimamente. Pero el más completo silencio reinaba alrededor, y eso que seguramente la casa no estaba vacía. «¡Qué vida más apacible tiene mi familia!», pensó Gregor. Y mientras su mirada se perdía en la oscuridad, se sintió ufano de haber podido hacer disfrutar a sus padres y hermana de tan tranquila existencia en un marco tan agradable. Pero enseguida pensó atemorizado que aquel sosiego, aquel bienestar y aquel regocijo tocaban a su fin... Para no dejarse abatir por esos pensamientos, optó por fatigarse físicamente y empezó a arrastrarse por la habitación.

Durante el transcurso de la noche se entreabrió primero una de las hojas de la puerta y más tarde la otra: seguramente alguien no se decidía a entrar. En vista de ello, Gregor se colocó frente a la puerta que comunicaba con el comedor, con el propósito de inducir a entrar al vacilante visitante, o por lo menos para saber de quién se trataba.

La puerta no volvió a abrirse y su espera fue estéril. Durante las primeras horas de la mañana, cuando la puerta estaba cerrada, todos habían tratado de entrar, y ahora que la puerta estaba abierta, igual que las otras, durante el día, nadie quería entrar ya y las llaves quedaban puestas por fuera en sus cerraduras.

Era ya muy tarde cuando se apagó la luz del comedor. Por ello comprendió que sus padres y hermana habían estado levantados hasta entonces. Oyó que se alejaban de puntillas, procurando no hacer ruido. Hasta la mañana siguiente probablemente nadie entraría a verlo. Le sobraba tiempo para decidir, sin riesgo de ser molestado, qué curso debía dar en lo sucesivo a su vida. Aquella habitación, fría y de techo alto, le infundió temor, sin que pudiese explicarse la razón, ya que era su habitación, en la cual vivía hacía ya más de cinco años... Repentinamente, y algo avergonzado, se metió debajo del sofá, donde, a pesar de sentirse ligeramente comprimido por tener que permanecer con la cabeza baja, se encontró inmediatamente muy a gusto, lamentando solamente no poder entrar allí por completo a causa de su excesivo tamaño.

En ese lugar estuvo toda la noche, sumido a veces en una modorra, de la que se despertaba inquieto, atormentado por el hambre, y a veces por preocupaciones y esperanzas un tanto vagas, pero que desembocaban siempre en la necesidad de mantener la serenidad, de procurar que la familia aceptase con calma las inevitables molestias que su situación actual le ocasionaría.

Por la mañana, muy temprano —empezaba a hacerse de día—, se le presentó la ocasión de poner a prueba lo que había resuelto en la noche. Su hermana, casi vestida ya, entreabrió la puerta que comunicaba con el vestíbulo y miró ansiosamente hacia el interior. No lo vio enseguida, pero luego lo descubrió debajo del sofá. ¡En alguna parte tenía que estar, naturalmente! ¡No se iba a eclipsar! Se asustó hasta el punto de que, sin lograr dominarse, torné a cerrar la puerta. Pero enseguida se arrepintió de su reacción, volvió a abrir y entró casi de puntillas, como si lo hiciese en la habitación de un enfermo desahuciado o en la de una persona extraña. Gregor, con la cabeza casi fuera del sofá, la espiaba. ¿Se daría cuenta de que no había probado la leche y deduciría que no era por falta de hambre? ¿Le llevaría para alimentarse algo más apropiado? Si ella no se daba cuenta por sí sola, él optaría por morirse de hambre, antes que hacérselo notar, aunque ardía en deseos de salir de debajo del sofá, echarse a sus pies y rogarle que le trajese cualquier cosa adecuada para alimentarse. Pero la hermana, estupefacta, notó inmediatamente que el recipiente no había sido tocado. Solamente se había derramado un poco de leche. Se apresuró a retirar la escudilla, no con la mano, sino sirviéndose de un trapo, y se la llevó. Gregor estaba sumamente impaciente por ver lo que le traería, haciendo al respecto numerosas y muy diversas suposiciones. Pero estaba muy lejos de pronosticar lo que la bondad de su hermana le preparaba. Con el propósito de conocer sus nuevos gustos, le llevó un amplio surtido de alimentos y los dispuso sobre unas hojas viejas de periódico. Se veían allí legumbres ya pasadas, a punto de descomponerse, huesos sobrantes de la cena anterior, con una salsa blanca cuajada, pasas y almendras, un mohoso trozo de queso, que dos días antes Gregor consideró indigesto, un pedazo de pan duro, otro cubierto de mantequilla y sal. Agregó a esto la escudilla, que al parecer le quedaba adjudicada a él de forma definitiva, pero ahora llena de agua. Y por un sentimiento de pudor (pues suponía que Gregor no empezaría a comer estando ella de testigo) se marchó enseguida y dio vuelta a la llave al salir, seguramente para darle a entender a Gregor que podía proceder sin remilgos. Al dirigirse éste a comer, sus patas emitieron una especie de zumbido. Además, los daños que había sufrido su cuerpo debían estar curados, porque ya no notaba ningún dolor. Esto le sorprendió bastante, ya que recordaba que hacía algo más de un mes se había cortado un dedo con un cuchillo y el día anterior a los sucesos aún le dolía lo suyo. «¿Será que ha disminuido mi sensibilidad?», pensó, al tiempo que empezaba a chupar ávidamente el queso, que fue lo primero y lo que más intensamente le atrajo. Luego se precipitó, con lágrimas de júbilo en los ojos, sobre parte del resto y devoró el queso, las legumbres y la salsa. Por el contrario, rechazó los alimentos frescos. No podía tolerar su olor, hasta el extremo de que arrastró lejos de allí los alimentos que quería comer.

Hacía ya un cierto tiempo que había dado fin a la comida. Se hallaba indolentemente echado en el mismo sitio, cuando la hermana, para insinuarle que debía retirarse, hizo un ruido con la llave. Pese a que estaba casi dormido, Gregor se alarmó y apresuró a esconderse otra vez debajo del sofá. Pero el continuar en aquella situación solamente el corto rato que la hermana permaneció allí le significó tener que apelar a un enorme esfuerzo de voluntad; de resultas de la opípara comida, había aumentado su volumen, y le era casi imposible respirar en aquel comprimido espacio. A punto de sofocarse, miraba con ojos un tanto desorbitados cómo su hermana, que ignoraba completamente sus apuros, barría con la escoba no únicamente los restos de la comida, sino incluso los alimentos que Gregor no había ni tocado, como si fuesen restos no aprovechables. Y también observó cómo lo volcaba todo enérgicamente en un cubo, que cubrió luego con su correspondiente tapa, y se lo llevó. Apenas cerró la puerta tras de sí, Gregor se apresuró a abandonar su escondite, estirándose y respirando aliviado.

Así tuvo Gregor su comida cotidiana en lo sucesivo. La primera por la mañana, cuando todavía no se habían levantado sus padres ni la sirvienta, y la otra después del almuerzo, mientras los padres descabezaban un sueño y la criada estaba haciendo algún recado encomendado por la hermana. Estaba claro que su propósito era alimentarlo para que no pasase hambre, pero quizá les hubiese sido imposible presenciar sus comidas, y lo más presumible era que tuviesen una idea solamente por lo que les contaba la hermana. De esta manera, les evitaba un nuevo dolor que agregar a los que ya padecían.

Nunca pudo saber Gregor de qué excusas pudieron valerse para prescindir aquella mañana de los servicios del médico y del cerrajero. Como le era imposible comunicarse con los demás, a nadie se le ocurrió pensar, ni incluso a su hermana, que estuviese en situación de comprender a los otros. No le quedaba otra cosa que hacer, cuando la hermana entraba en su habitación, que resignarse a oír sus quejidos y mencionar a toda la jerarquía celestial. Pasando el tiempo, y cuando ella fue acostumbrándose algo a la nueva situación (naturalmente, era imposible creer que se acostumbrara por completo), pudo Gregor notar en ella un comentario amable, o por lo menos algo que podía interpretarse así.

—Hoy parece que le ha gustado —manifestaba cuando Gregor había comido opíparamente; y cuando ocurría lo contrario, lo que sucedía cada vez con más frecuencia, acostumbraba a decir un tanto triste—: Parece que hoy no ha comido nada.

Pero, pese a que a Gregor no le llegaba de forma directa ninguna noticia, estaba atento a lo que se ventilaba en las habitaciones vecinas, y en cuanto oía voces, se precipitaba hacia la puerta correspondiente al lado de donde procedían y se arrimaba a ella todo lo largo que era. En los primeros días todas las conversaciones aludían a él, pese a que lo hacían veladamente. Durante dos días se trató en todas las comidas la conducta que debía seguirse en el futuro. Fuera de las comidas también se hablaba del mismo tema. Dado que ninguno de los componentes de la familia deseaba quedarse solo en la casa, y como no querían tampoco dejar la casa sola, siempre permanecían allí al menos dos personas. Incluso el primer día la sirvienta —aunque se ignoraba hasta dónde estaba al tanto de lo sucedido— le había implorado puesta de rodillas a la madre que la despidiese inmediatamente, y, al abandonar la casa quince minutos después, manifestó su gratitud con los ojos llenos de lágrimas por la clemencia demostrada y, sin habérselo pedido, se obligó con los más aparatosos juramentos a no hablar a nadie del asunto.

La hermana se vio obligada a ocuparse de la cocina, junto con la madre, lo que tampoco significaba mucho trabajo, pues ahora casi no se comía. Gregor podía oírlos constantemente animarse unos a otros, sin resultado, a seguir comiendo, diciéndose recíprocamente: «No, gracias. Ya es suficiente», y otras fórmulas semejantes. También bebían mucho menos. Muchas veces preguntaba la hermana al padre si le apetecía cerveza, ofreciéndose a salir a buscarla. El padre permanecía en silencio, y entonces ella, para obligarlo, aclaraba que podía también mandar a la portera. Pero el padre respondía con un no rotundo, que no daba lugar a discutir nada, y el asunto se zanjaba de inmediato.

Desde el primer día el padre informó a la familia de la situación real de la economía familiar y las posibilidades que les deparaba el porvenir. Con alguna frecuencia se levantaba de la mesa para buscar en su pequeña caja fuerte —sustraída de la quiebra cinco años antes— algún papel o libreta de anotaciones. Se podía oír el ruido de la enrevesada cerradura al abrirse o tornar a cerrarse, tras haber extraído el padre lo que necesitaba. Dichas explicaciones fueron la primera cosa agradable que pudo oír Gregor desde su encierro. Siempre había permanecido en la creencia de que su padre no había podido salvar nada del antiguo negocio. Por lo menos nunca había manifestado nada que permitiese suponer otra cosa. También es verdad que Gregor nada le había preguntado al respecto. En aquel entonces, Gregor sólo había tratado de hacer todo lo que estuviese a su alcance para disponer de los medios que ayudasen a los suyos a salvar las consecuencias que había acarreado la quiebra mercantil que los llevó a todos a la más profunda desesperanza. Por ello había empezado a trabajar con tal tesón, pasando en corto tiempo de un dependiente más a todo un viajante de comercio, con sobradas posibilidades de ganar mucho más, y cuyos aciertos profesionales se manifestaban seguidamente bajo la forma de comisiones constantes y sonantes, colocadas sobre la mesa familiar, suscitando la admiración y júbilo de todos. Fueron tiempos magníficos y felices, no superados en magnificencia, aunque Gregor llegó más adelante a ganar lo necesario para llevar él solo todos los gastos de la casa. El hábito, lo mismo en la familia, que recibía reconocida el dinero de Gregor, como por su parte, que lo hacía complacido, hizo que aquel júbilo inicial no volviese a repetirse con el mismo entusiasmo. Solamente la hermana se mantuvo ligada a Gregor y como, en contraste con éste, era fervorosamente aficionada a la música y tocaba el violín con mucho sentido, Gregor alentaba la oculta esperanza de inscribirla al año siguiente en el conservatorio sin parar mientes en los gastos que necesariamente implicaba, los cuales trataría de compensar por otro lado. Durante los cortos espacios de tiempo que pasaban juntos, la palabra *conservatorio* se repetía abundantemente en las conversaciones con la hermana, pero siempre como concreción de un sueño inalcanzable, cuya realización no era imaginable.

Con respecto a los padres, no veían con buenos ojos estos cándidos proyectos; no obstante, Gregor los consideraba con toda seriedad, y había determinado declararlos ceremoniosamente la noche de Navidad.

Todo esto, que ya resultaba ocioso, pasaba por su cabeza, mientras estaba arrimado a la puerta, escuchando lo que se hablaba al lado. De vez en cuando el cansancio disminuía su atención y apoyaba fatigado la cabeza contra la puerta. Pero enseguida volvía a levantarla, ya que incluso el ligero ruido que producía este gesto suyo era percibido en la habitación vecina provocando un momentáneo silencio.

—¿Qué es lo que estará haciendo ahora? —se oía la voz del padre, que seguramente miraba hacia la puerta.

Luego, pasado un momento, se reiniciaba la conversación suspendida.

Así se enteró Gregor, con evidente alegría —el padre reiteraba y remachaba sus explicaciones, obligado en parte porque hacía ya bastante tiempo que no se ocupaba de estas cuestiones y porque él mismo carecía de soltura al considerarlas, y también por la dificultad de la madre para comprenderlas—, de que, pese al desastre, aún restaba de la brillante situación anterior algún dinero. Verdaderamente no era mucho, pero en algo se había acrecentado en el tiempo transcurrido, merced a los intereses producidos e intocados. Por otra parte, del dinero que Gregor aportaba mensualmente sólo dejaba para sí una pequeña cantidad. No se gastaba todo, y había ido también alimentando un reducido capital. Al otro lado de la puerta, Gregor asentía con la cabeza satisfecho de esta circunstancia no prevista. Verdad era que con ese dinero sobrante podría él haber cancelado poco a poco la cantidad que su padre debía al jefe y haber liquidado la deuda mucho antes de lo que suponía, pero no cabía duda de que las cosas así dispuestas por su padre daban ahora un resultado óptimo.

Sin embargo, este dinero resultaba indudablemente insuficiente para hacer posible que pudiese la familia vivir de sus rentas; estirándolo mucho alcanzaría para vivir un año o dos a lo sumo. Pero más tiempo, de ninguna manera. Por consiguiente, lo más prudente era dejar este pequeño capital intacto, que podía sacarles de un apuro en caso de necesidad. Era necesario, para seguir tirando, continuar ganando dinero. Pero el problema estribaba en que su padre, aunque disfrutaba de buena salud, era ya un hombre viejo, y hacía cinco años que no desempeñaba ninguna actividad. No podían esperar mucho de él. En los últimos cinco años que habían puesto punto final a su vida de trabajo, terminada en un fracaso económico, había engordado mucho y se había vuelto bastante torpe. ¿Entonces debería trabajar la madre, que sufría de asma y a quien el solo hecho de andar por casa la agotaba? Hoy sí y mañana también se veía obligada a echarse en el sofá, intentando respirar mejor, con la ventana completamente abierta. ¿Entonces le correspondería trabajar a la hermana, todavía jovencita, con sus diecisiete años y con una existencia apetecible, dedicada a arreglarse y dormir todo lo que le quería, colaborar algo en las tareas domésticas, divertirse moderadamente y, lo más importante, tocar el violín?

Todas las veces que la conversación tocaba la necesidad de ganar dinero, Gregor abandonaba la puerta y, abochornado por la lástima y la vergüenza, se echaba sobre el cuero fresco del sofá. Era frecuente que pasase allí la noche entera, sin poder dormir, pellizcando el cuero hora tras hora. Otras veces acometía el penoso trabajo de acercar una butaca a la ventana y, trepando por el alféizar, se quedaba de pie en el asiento, apoyándose en la ventana, enfrascado seguramente en sus recuerdos, pues siempre le había atraído mirar a través de aquella ventana.

Poco a poco divisaba más borrosamente las cosas más cercanas. El hospital de enfrente, cuya vista le hacía antaño renegar siempre, apenas lo veía ya, y si no supiera, sin ningún género de dudas, que habitaban en una calle tranquila, aunque relativamente céntrica, hubiera podido creer que desde la ventana se divisaba un desierto en el cual la tierra y el cielo eran igualmente grises y monótonos.

En dos ocasiones pudo su hermana darse cuenta, pues siempre estaba pendiente, de que colocaba la butaca junto a la ventana. Y al arreglar la habitación, ella misma la ponía siempre allí. E incluso dejaba abiertos los cristales interiores.

Si tan siquiera hubiera podido Gregor charlar con su hermana, si le hubiese sido posible darle las gracias por todo el interés que demostraba

por él, no le habrían remordido los trabajos que originaba. No tenía ninguna duda de que la hermana hacía absolutamente todo lo que estaba a su disposición con el fin de aliviar lo penoso de su estado y, a medida que corría el tiempo, iba lográndolo mejor, como era de suponer. Y también Gregor, con el transcurrir del tiempo, consideraba todo con mayor naturalidad.

Pero las entradas de la hermana constituían un suplicio para él. En cuanto estaba dentro, y sin preocuparse de cerrar nuevamente las puertas como al principio, para evitar a todos la vista del cuarto, se precipitaba directamente hacia la ventana y la abría bruscamente, como si estuviese próxima a asfixiarse, e incluso cuando hacía mucho frío se quedaba allí un tiempo respirando hondamente. Toda esta febril actividad alarmaba a Gregor dos veces al día. Y él, aunque estaba seguro de que la hermana le habría ahorrado todos estos malestares si le hubiera sido posible estar allí con las ventanas cerradas, se refugiaba tembloroso debajo del sofá y no salía de allí mientras no terminaba la visita.

Un mes después de la metamorfosis de Gregor, entró un día la hermana, que ya podía suponerse que no tenía motivo para sorprenderse del aspecto que Gregor presentaba. Era más temprano que habitualmente, y lo vio mirando inmóvil por la ventana. No le hubiese extrañado demasiado a Gregor que ella no entrase, pues en la actitud que estaba no le facilitaba abrir la ventana. Pero no sucedió solamente que no entró, sino que se echó para atrás y cerró la puerta. Alguien extraño a la situación hubiera pensado que Gregor podía lanzarse sobre ella para atacarla. Gregor, como siempre, se refugió enseguida debajo del sofá, y hasta el mediodía no volvió a ver entrar a su hermana, más inquieta de lo usual. Así le dio claramente a comprender que su aspecto continuaba siendo intolerable para ella, que lo sería siempre y que debía apelar a todo su valor para no salir huyendo cuando veía la pequeña parte del cuerpo que sobresalía debajo del sofá. Y para evitarle el espectáculo, colocó un día sobre su caparazón —trabajo que le costó más de cuatro horas— una manta que acomodó sobre éste de tal forma que lo cubriera completamente, para que la hermana no pudiera verlo por ningún resquicio.

Si ella no hubiese estado de acuerdo con esta medida, podría haberle quitado fácilmente la manta, pues no le era difícil darse cuenta de que no podía ser nada agradable para Gregor incomunicarse de esa manera. Pero dejó las cosas como estaban, y al espiar, levantando la manta por un extremo con la cabeza para ver cuál era la reacción de la hermana, vio en ella una expresión de agradecimiento.

En las primeras semanas no parecieron los padres decididos a entrar a verlo. Pudo oírlos en varias ocasiones, encomiando la tarea de la hermana, cuando antes de estos acontecimientos la reprendían muchas veces por creerla, como se suele decir, una inútil. Pero a menudo la esperaban los dos ante la habitación de Gregor, mientras la hermana estaba dentro arreglándola, y cuando aparecía le rogaban que les dijese cómo estaba exactamente la habitación, qué había comido Gregor, qué actitud tenía y si era posible ver alguna mejoría en su estado.

Verdad es que la madre estuvo dispuesta a visitar enseguida a Gregor, pero se lo impidieron el padre y la hermana, dándole algunas razones que pudo oír Gregor siguiéndolas atentamente, y con las cuales estuvo de completo acuerdo. Pero pasado un tiempo fue necesario evitar por la fuerza que entrase, y se le oyó exclamar:

—¡Quiero entrar a ver a Gregor! ¡Mi pobre hijo! ¿No os dais cuenta de que necesito verlo?

Gregor llegó a pensar que quizá fuese prudente que dejasen entrar a su madre, no todos los días, por supuesto, pero sí quizá una vez por semana. Seguramente ella estaba más preparada para comprender las cosas que la hermana, quien, pese a toda su decisión, no era más que una jovencita, que quizá sólo por su inconsciencia había asumido una responsabilidad tan desagradable.

No pasaría mucho tiempo sin que se cumpliesen los deseos de Gregor de ver a su madre. En el transcurso del día, y por consideración a sus padres, no se acercaba a la ventana para mirar, aunque poco sitio tenía para arrastrarse en los dos metros cuadrados de suelo. Por las noches le resultaba cada vez más difícil descansar con tranquilidad. Muy pronto la comida dejó de ser una satisfacción, y así fue adquiriendo, para entretenerse,

la costumbre de trepar zigzagueando por las paredes y el techo. Era en el techo precisamente donde se sentía más a sus anchas. Estar allí era muy diferente a permanecer tendido en el suelo. Respiraba perfectamente, y el cuerpo le temblaba por una leve vibración.

Pero ocurrió que un día Gregor, casi dichoso y divertido a un tiempo, se desprendió del techo y, completamente asombrado, se precipitó contra el suelo. Como es fácil suponer, su cuerpo se había hecho más resistente que antes, y, a pesar de la fuerza del impacto, no sufrió ningún tipo de daño.

A la hermana, que había notado las nuevas capacidades de Gregor, quizá por dejar en un sitio y en otro, cuando trepaba, rastros de su babilla, se le ocurrió enseguida facilitar todo lo posible sus nuevas dotes quitando los muebles que le estorbaban, sobre todo el baúl y la mesa de escribir. Pero era una tarea imposible de realizar sin ayuda, y no se atrevió a recurrir al padre. Tampoco podía apelar a la sirvienta, pues ésta, una buena mujer que rondaba los sesenta, pese a que había mostrado gran valor después de que se despidiera su antecesora, había pedido como condición indispensable poder tener siempre cerrada la puerta de la cocina y abrirla solamente cuando fuese requerida. No quedaba más recurso que recabar la ayuda de la madre, no estando en casa el padre.

La madre se prestó contentísima, pero enmudeció al llegar a la puerta. La hermana comprobó que todo estaba en orden, y luego le permitió pasar. Gregor había puesto buen cuidado en arreglar convenientemente la manta, formando numerosos pliegues, poniendo más cuidado que de costumbre. Parecía que hubiese sido arrojada allí casualmente. Tomó esta vez la precaución de no atisbar por debajo. Prescindió de ver a su madre, feliz de que por fin ella estuviese allí.

—Puedes entrar. Ahora no se le ve —se oyó la voz de la hermana, que seguramente la conducía de la mano. Y desde su escondite oyó Gregor cómo las dos endebles mujeres movían de su sitio aquel antiguo y pesado baúl, y cómo la hermana, siempre bien dispuesta, apechugaba con la parte más dura del trabajo, sin prestar atención a las recomendaciones de la madre para que no se agotase en extremo.

La operación fue larga; después de quince minutos, la madre comenzó a flaquear, aduciendo que era mejor dejar el baúl en su sitio, ya que era excesivamente pesado y no podrían cambiarlo antes de que llegase el padre, y, si se quedaba en medio del cuarto, impediría el paso a Gregor. Tampoco podían estar seguras de si era del agrado de éste que se quitasen los muebles. Ella creía naturalmente que sería todo lo contrario. Le entristecería ver la habitación desmantelada. ¿Es que no había de tener Gregor esa impresión, estando acostumbrado desde años a los muebles de su cuarto? ¿Cómo podría decirse que no se encontraría desamparado en la habitación vacía?

—¿No pensará entonces —prosiguió hablando con un hilo de voz, casi un murmullo, como si quisiera evitar a Gregor, aunque no sabía dónde se ocultaba, hasta el sonido de su voz, ya que estaba convencida de que no podía comprender las palabras— que el sacar los muebles significa que abandonamos toda posibilidad de mejoría y que lo dejamos sin más consideraciones librado a su suerte? Me parece mejor dejar todo como estaba. Así, cuando Gregor vuelva nuevamente a estar con nosotros, encontrará que nada ha variado y le será más fácil olvidar este periodo.

Al oír las palabras de la madre, se le hizo patente a Gregor que la carencia de toda relación humana directa, aunada con la monotonía de la vida que hacía entre los suyos, debía haber afectado gravemente a su inteligencia en aquellos dos últimos meses, ya que de otra manera no podía explicarse que por un momento hubiese querido ver vacía su habitación.

¿Pero quería verdaderamente que se desmantelase su entrañable habitación, cómoda y equipada con sus muebles familiares, convirtiéndola en un desierto, en el cual hubiera podido trepar por todas partes, sin ningún obstáculo, pero por ello hubiera perdido de manera rápida y completa su anterior condición humana?

Estaba ya en camino de olvidarla enseguida, y solamente le había perturbado la voz de la madre, que no oía hacía mucho tiempo ya. No, nada debía ser cambiado. Debía seguir todo igual. No podía desdeñar la influencia benéfica que los muebles producían sobre él, y, aunque impedían su libertad de movimientos, esto debía ser visto, con buen criterio, como una limitación positiva.

Lamentablemente, no era ésta la opinión de la hermana, y, como se tenía —no sin fundamento— como experta para proceder ante los padres en todo lo que con Gregor se relacionaba, le bastó la idea manifestada por la madre para persistir y proclamar que debían quitar, además del baúl y la mesa, que eran los que inicialmente había pensado, el resto de los muebles, a excepción del imprescindible sofá.

Estos propósitos no obedecían a una mera tozudez juvenil y a la confianza en sí misma, tan súbita y difícilmente lograda en los últimos tiempos. Respondían también al hecho de haber observado que Gregor, además de requerir mucho espacio para arrastrarse y trepar, no hacía ningún uso de los muebles, y quizá también, con el énfasis natural en las muchachas de sus años, se condujo ocultamente por el deseo de magnificar lo terrorífico de la situación de Gregor con el fin de aparecer más imprescindible para él de lo que era, pues en una habitación en la que Gregor hubiese estado totalmente solo entre las desnudas paredes era probable que nadie se atreviese a entrar exceptuando a Grete.

Fue de todo punto imposible para la madre disuadirla de su proyecto, y, como se sentía inquieta en aquella habitación, se abstuvo de comentarios críticos y echó una mano a la hermana con toda energía para sacar el baúl. Mejor el cofre, que no lo necesitaría Gregor, pero la mesa debía seguir en su lugar. En cuanto las dos mujeres, jadeando por el esfuerzo, salieron con el cofre, emergió la cabeza de Gregor de su escondite, tratando de intervenir con el mayor cuidado y de la manera más discreta posible. Pero la fatalidad hizo que fuese la madre la primera en volver, en tanto que Grete, en la habitación contigua, seguía aferrada al cofre, sacudiéndolo de un lado para otro, pero sin poder cambiarlo de lugar. La madre no estaba habituada a la contemplación de Gregor. Podía afectar a su salud su repentina presencia, y por ello Gregor, alarmado, se retiró rápidamente al extremo opuesto del sofá, pero no lo suficientemente ligero como para impedir que la manta que lo ocultaba se moviese algo, lo que bastó para sobresaltar a la madre. Ésta se detuvo bruscamente, quedó un momento indecisa y retornó junto a Grete.

Pese a que se decía constantemente que los cambios no significarían mucho y que solamente unos muebles mudarían de lugar, no pudo evitar emocionarse cuando él mismo se dio cuenta del sentido de todo aquel movimiento, el ir y venir de ambas, las recomendaciones que se hacían cuando algún mueble rayaba el suelo. Encogiendo todo lo posible la cabeza y las piernas, y pegando el vientre contra el piso, hubo de admitir, ya sin cortapisas de ningún tipo, que no podría aguantar mucho más.

Le desmantelaban su habitación, lo separaban de lo que amaba, ya habían trasladado el baúl que contenía la sierra y sus otras herramientas, ya empezaban a mover aquella mesa fuertemente adherida al suelo y sobre la cual, cuando estudiaba la carrera de comercio, cuando cursaba el bachillerato e incluso cuando iba a la escuela, había escrito sus ejercicios... Así era. No hacía falta perder más tiempo para informarse de los excelentes propósitos de las dos mujeres, cuya presencia casi había olvidado, ya que, agotadas por el esfuerzo, trabajaban en completo silencio y no se oía más que el roce de sus pasos cansados.

Y así —al mismo tiempo que las mujeres en la habitación vecina se apoyaban un momento en la mesa de trabajo para recobrar fuerzas— salió de repente de su escondrijo, variando hasta cuatro veces la dirección de su marcha. Vacilaba en verdad adónde dirigirse primero. Entonces atrajo su atención, en la pared ya desnuda, el cuadro de la dama cubierta de pieles. Trepó apresuradamente hasta allí y se aferró al cristal, cuyo contacto alivió el ardor de su vientre. Al menos esta estampa que él ocultaba ahora completamente, no se la dejaría arrebatar. Y volvió la cabeza hacia el comedor para ver a las mujeres cuando entrasen otra vez.

Verdaderamente éstas no habían concedido mucho tiempo al descanso. Allí estaban otra vez, pasándole Grete a la madre el brazo alrededor de la cintura para ayudarla a sostenerse.

—¿Qué nos llevamos ahora? —exclamó Grete, mirando a su alrededor.

Entonces su mirada se encontró con la de Gregor, pegado a la pared. Grete se controló, pero, ante la presencia de la madre, se volvió hacia ella, procurando ocultarle lo que había en la pared, y, turbada y vacilante, le dijo:

—Vámonos. Creo que es mejor que nos vayamos un rato al comedor.

La intención de Grete fue clara para Gregor: primero poner a cubierto a la madre y después echarlo abajo de la pared. Veríamos. ¡Que lo intentase de alguna manera! Él seguiría aferrado a su cuadro, y no lo abandonaría. Antes que eso se arrojaría a la cara de Grete.

Pero la invitación de Grete sólo consiguió alarmar a la madre. Ésta miró a su alrededor. Descubrió aquella enorme mancha oscura sobre el papel floreado de la pared y, sin haberse dado cuenta de que aquello era Gregor, gritó con voz penetrante:

—¡Ay, Dios mío! ¡Ay, Dios mío!

Y se dejó caer sobre el sofá, con los brazos abiertos, como si le faltasen las fuerzas, y permaneció allí sin hacer un solo movimiento.

—¡Cuidado, Gregor! —chilló la hermana, amenazándolo con el puño y echando fuego por los ojos.

Éstas fueron las primeras palabras que le dirigía de manera directa desde la metamorfosis. Luego se fue al comedor, buscando algo que darle a la madre para reanimarla.

El propósito inmediato de Gregor fue ayudarla. Habría ocasión aún para salvar el cuadro, pero se encontraba pegado al cristal, y tuvo que hacer un violento esfuerzo para soltarse. Una vez en el suelo corrió a la habitación vecina, como si todavía pudiese, como antaño, aconsejar a la hermana. Pero tuvo que conformarse con quedarse quieto detrás de ella.

La hermana, mientras tanto, rebuscaba entre varios frascos. Al volverse, se asustó, y se le cayó de las manos uno de éstos, que se rompió, y una esquirla se clavó en la cara de Gregor, chorreándole un líquido cáustico. Pero Grete, sin fijarse más, tomó todos los frascos que pudo llevar y entró en el cuarto de Gregor, cerrando la puerta de una patada. Gregor quedó así completamente aislado de la madre, quien, tal vez por su culpa, estaba en grave riesgo. Entre tanto no podía abrir la puerta, si no quería asustar a la hermana, cuya ayuda era imprescindible para la madre. No podía hacer más que esperar.

Atormentado por los remordimientos y lleno de zozobra, empezó a trepar por las paredes, el techo y los muebles; por fin, cuando la habitación comenzaba a girar a su alrededor, se precipitó angustiado sobre la mesa.

Pasaron unos minutos mientras estaba allí agotado. Le rodeaba el silencio, lo que verdaderamente constituía un buen síntoma. En eso llamaron a

la puerta. La criada permanecía encerrada en la cocina, y salió a abrir Grete. Era el padre.

—¿Qué ha pasado aquí?

Fueron éstas sus primeras palabras. La cara de Grete le descubrió todo. Se echó contra el pecho del padre y, con voz grave, le dijo:

–Madre ha tenido un desvanecimiento. Ya se encuentra mejor. Gregor ha huido.

—Lo suponía —contestó el padre—. Siempre os lo advertí, pero las mujeres jamás queréis hacer caso.

Gregor entendió que el padre, al enterarse de lo que le contaba Grete tan repentinamente, se figuraba equivocadamente que él había perpetrado un acto de violencia. Era necesario, por consiguiente, calmar al padre, ya que carecía de tiempo y de recursos para deshacer tal opinión. Se abalanzó hacia la puerta de su habitación, pegándose a ella, a fin de que, cuando entrase el padre, no tuviese la menor duda de que el propósito de Gregor era reintegrarse inmediatamente a su cuarto y que no era necesario echarlo hacia dentro, sino que simplemente con abrir la puerta bastaba para que entrase sin dilación.

Pero el humor del padre era el menos adecuado posible para captar estas insinuaciones.

—¡Con que esas tenemos! —exclamó, al entrar, con voz furibunda y triunfante a la vez. Gregor separó la cabeza de la puerta y la volvió hacia su padre. Por primera vez podía verlo éste en su nuevo estado. Por otra parte, en los últimos tiempos, dedicado por completo a su nuevo aprendizaje de arrastrarse y trepar por doquier, se había desentendido completamente de lo que ocurría en el resto de la casa, y, por ello, debía haberse prevenido para aceptar los grandes cambios acaecidos.

Pero, aun así, ¿era aquél su padre? ¿Era posible que fuese el mismo hombre que antes, cuando Gregor se aprestaba a realizar un viaje de trabajo, lo despedía fatigado en la cama? ¿El mismo hombre que, al volver a casa, le recibía en bata, hundido en su butaca, y que, sin poder siquiera levantarse, se limitaba a levantar los brazos en ademán de alegría? ¿El mismo hombre que se desplazaba envuelto en su raído abrigo y que se apoyaba en su bastón las pocas veces que salía la familia algún domingo, o un día de fiesta, caminando entre Gregor y la madre, que andaban despacio, pero que disminuían entonces más el paso, y, cuando quería decir algo, se veía obligado a detenerse, pues la fatiga le impedía andar y hablar a un tiempo, obligando a los otros a formar corro a su alrededor?

¡Pero qué cambio! Ahora aparecía firme y erguido, embutido en un solemne uniforme azul con botones dorados, como el que suelen llevar los ordenanzas de los bancos. Sobre el cuello alto se derramaba la papada; sombreados por las pobladas cejas, los ojos oscuros destellaban con una mirada vigilante y bizarra, y el pelo blanco, hasta entonces siempre revuelto, se veía brillante y simétricamente dividido por una raya perfecta.

Tiró sobre el sofá la gorra, que exhibía un monograma dorado, seguramente de algún banco, y, describiendo una curva, atravesó la habitación, con dirección a Gregor, con una cara que no presagiaba nada bueno, con las manos en los bolsillos del pantalón, y los largos faldones de su levita de uniforme oscilaron hacia atrás. Probablemente no sabía todavía qué hacer, pero levantó los pies a una altura desacostumbrada, y Gregor quedó sorprendido de las descomunales proporciones de sus suelas. No obstante, esta actitud no le preocupó excesivamente, pues no ignoraba que, desde el primer día de su nueva existencia, había adoptado frente a él una actitud de extremada severidad. Empezó a correr delante de su progenitor, deteniéndose cuando éste lo hacía y reanudando la huida al menor movimiento de su perseguidor.

De esta forma dieron varias vueltas a la habitación, sin que ocurriera nada definitivo, incluso sin que, debido a las largas interrupciones, aparentase ser una persecución. Gregor no se decidió a separarse del suelo. Temía sobre todo que el padre considerase su huida por el techo y las paredes como un cúmulo de maldad.

Pero no necesitó mucho Gregor para darse cuenta de que en aquella carrera llevaba todas las de perder, ya que, mientras su padre daba un paso, él se veía obligado a ejecutar innumerables movimientos, y notaba que se sofocaba. La verdad es que tampoco en su anterior estado podría decirse que sus pulmones respondiesen a la perfección. Vaciló un poco, intentando reunir todas sus fuerzas para reiniciar otra vez la huida. Le costaba mantener abiertos los ojos. En su zozobra, no se le ocurría que podía tener otro medio de salvación que no fuese correr, y había casi olvidado que estaban las paredes y el techo completamente libres a su disposición, aunque las primeras estaban totalmente llenas de muebles, cuidadosamente tallados, amenazando peligrosamente con sus ángulos y picos...

De repente, algo certeramente disparado cayó y rodó junto a él. Era una manzana, a la que no tardó en seguir otra cosa. Se detuvo asustado, sin hacer el menor movimiento. De nada servía seguir huyendo, pues el padre había apelado a aquellos proyectiles. Se había provisto con el contenido del frutero que estaba sobre el aparador, y disparaba manzana tras manzana, aunque afortunadamente por ahora sin hacer blanco.

Al fin, una le acertó de lleno. Intentó escapar, como si aquel insoportable dolor pudiese aliviarse al mudar de lugar, pero sintió que le clavaban al lugar en que se encontraba, y cayó allí despatarrado, sin noción ninguna de lo que pasaba a su alrededor.

Su última mirada le sirvió aún para ver que se abría bruscamente la puerta de su habitación y aparecía su madre en camisón —Grete la había desvestido para hacerla volver en sí—, seguida por la hermana que gritaba, lanzándose hacia el padre y perdiendo en la carrera varias prendas interiores, para después de enredarse en éstas caer en los brazos del padre, apretándose fuertemente contra él.

Y con la vista ya desvanecida, sintió por último que la madre, con las manos cruzadas en la nuca del padre, le imploraba que perdonase la vida del hijo.

Aquella dolorosa herida tardó más de un mes en curar —no se atrevió nadie a quitarle la manzana, que quedó incrustada en su cuerpo, como testimonio indudable de los acontecimientos—, e incluso recordaba al padre que Gregor, a pesar de lo repugnante y tenebroso de su nuevo aspecto, formaba parte de la familia y no podía tratársele como a un adversario, sino todo lo contrario: estaban obligados a tener con él todo tipo de respetos y constituía un deber elemental de la familia superar la repugnancia que pudiera inspirarles.

Gregor, por lo que a él se refería, aunque debido a su herida había perdido, seguramente de forma definitiva, gran parte de su capacidad de movimiento, aun cuando necesitaba ahora un tiempo casi interminable para atravesar la habitación —trepar por techos y paredes ya pertenecía al pasado—, tuvo en aquel empeoramiento de su situación una compensación: por las tardes, la puerta del comedor, de la cual estaba ya pendiente una o dos horas antes, era abierta, mientras él, echado en el cuarto, en la oscuridad, no visible para los demás, podía ver a la familia alrededor de la mesa iluminada y enterarse de sus conversaciones, con la aprobación de todos, vale decir que de una manera distinta. Verdad es que estas conversaciones nada tenían que ver con aquellas charlas vivas de tiempos anteriores, que Gregor rememoraba en las estrechas habitaciones de las fondas y en las que pensaba con intenso anhelo al acostarse cansado sobre las húmedas sábanas del lecho extraño. Ahora, generalmente, la conversación se mantenía lánguida y triste. Tras acabar de cenar, el padre se quedaba dormido en su sillón, y la hermana y la madre se encomendaban mutuamente silencio. La madre, junto a la luz, cosía ropa blanca de calidad para una tienda y la hermana, que estaba trabajando como dependienta, estudiaba por la noche taquigrafía y francés, con el deseo de mejorar de empleo. A veces se despertaba el padre y, como si no se hubiese dormido, reanudaba la conversación y le decía a la madre:

—Coses mucho todos los días.

Luego regresaba al sueño inmediatamente, mientras la madre y la hermana, agotadas por el esfuerzo, intercambiaban una sonrisa.

El padre se oponía firmemente a quitarse, incluso en la casa, su uniforme de ordenanza. Y mientras la bata, ahora inútil, colgaba de la percha, dormitaba completamente uniformado, como si estuviese siempre a punto de prestar servicio o aguardase oír en su casa la voz de mando de alguno de los jefes. El uniforme, que ya al comienzo no era nuevo, perdió irremisiblemente su buen aspecto, pese a los cuidados de la madre y la hermana. Y con frecuencia Gregor se quedaba durante horas con la mirada clavada en ese traje brillante por el uso, pero con los dorados botones siempre resplandecientes. Enfundado en él dormía el padre, sin duda muy incómodo, pero también tranquilo.

Cuando daban las diez, la madre procuraba despertar al padre, recomendándole dulcemente que se acostase, intentando persuadirlo de que lo que hacía no era en verdad dormir, cosa que requería su salud, pues tenía que levantarse a las seis para empezar su trabajo. Pero el padre, con la terquedad que le caracterizaba desde que era ordenanza, insistía en quedarse más tiempo allí, pese a que terminaba siempre dormido, resultándole penoso tener que moverse del sillón a la cama. Haciendo caso omiso de las recomendaciones de la madre y la hermana, continuaba en su sitio, con los ojos cerrados, cabeceando cada cierto tiempo, sin levantarse. La madre optaba por tirarle un poco de la manta, hablándole cariñosamente al oído; la hermana dejaba su tarea para ayudar a la madre. Pero era todo inútil, pues el padre se recostaba más hondo en su sillón y seguía con los ojos pegados, hasta que las dos mujeres lo asían por debajo de los brazos. Entonces las miraba a las dos y acostumbraba a exclamar:

—¡Menuda vida! ¡Éste es el descanso que me esperaba en mis últimos años!

Y dificultosamente, como si no pudiese con tan pesada carga, se incorporaba, apoyado en la madre y la hermana, dejándose conducir de esta forma hasta la puerta, y allí les hacía un gesto que significaba que ya podía prescindir de su ayuda y continuaba solo su camino, en tanto que la madre abandonaba rápidamente agujas y dedales y la hermana sus libros y plumas para correr tras él y proseguir auxiliándole en lo necesario.

¿Era posible que alguien en aquella familia fatigada, agotada completamente por el trabajo, estuviese en condiciones de prestar alguna atención a Gregor, excepto la justamente imprescindible? El tren de vida de la casa disminuyó ostensiblemente. Se despidió a la sirvienta, que fue reemplazada en los trabajos más pesados por una asistenta, una mujerona huesuda, con un halo de cabellos blancos alrededor de la cabeza, que acudía una hora por la mañana y otra por la tarde. La madre tuvo que añadir a su ya nada breve tarea de costura otras labores domésticas. Además se tuvo que recurrir a la venta de algunas alhajas en poder de la familia, que antaño habían exhibido felices la madre y la hermana en reuniones y fiestas. Gregor lo supo por la noche, a través de la conversación referente al precio de la venta. Pero de lo que más se lamentaba era de la dificultad para dejar aquel piso, excesivamente oneroso en las circunstancias que atravesaban, aunque podía comprender que no era él la verdadera causa que impedía el traslado, ya que hubiera sido fácil transportarlo en un cajón que tuviese un par de agujeros por donde respirar. No, lo que impedía principalmente a la familia llevar a cabo la mudanza era la desazón que les provocaba el tener que aceptar plenamente la idea de que había sido castigada con una desgracia monstruosa, inédita hasta entonces entre su círculo de familiares y amigos.

Tuvieron que apurar hasta el final la hez del cáliz que la vida exige a los desdichados. El padre se veía obligado a llevar el desayuno a insignificantes empleados del banco; la madre debía afanarse sobre ropas de extraños; la hermana, rodar de un lado a otro, detrás del mostrador, para atender a los clientes. Pero las fuerzas de la familia se extinguían ya. Y Gregor notaba que se le renovaba el dolor de la herida que tenía en el caparazón, cuando la madre y la hermana, una vez que se acostaba el padre, volvían al comedor y dejaban el trabajo para sentarse muy juntas, casi cara con cara. La madre hacía un gesto indicando la habitación de Gregor y decía:

—Grete, cierra la puerta.

Y Gregor volvía nuevamente a sumergirse en las tinieblas, en tanto que en la habitación vecina las mujeres lloraban juntas, o se quedaban abstraídas mirando la mesa, con los ojos sin brillo.

Las noches y los días de Gregor transcurrían privados casi de las pautas normales del sueño. En ocasiones, imaginaba que podía abrir la puerta de su cuarto y que retornaría como antes a ocuparse de los asuntos de la familia. Por su mente desfilaban, después de mucho tiempo ya, el jefe de personal, el gerente, el dependiente y el aprendiz, aquel ordenanza tan rústico, los pocos amigos que tenía, empleados como él, una camarera de una fonda de provincias y sobre todo un recuerdo amado y fugaz: el de la cajera de una sombrerería, a la que había pretendido seriamente, pero sin el tesón necesario...

Todas estas personas se confundían ahora en su recuerdo, junto con otras extrañas, olvidadas hacía mucho, pero ninguna de ellas estaba en condiciones de ayudarles, ni a él ni a los demás. Todos eran ya inalcanzables y se sentía mejor cuando conseguía rechazar sus recuerdos. Más tarde dejaba de

preocuparse por su familia, y sólo experimentaba hacia ella el enojo producido por la poca atención que le prestaban. No podía imaginar nada que le apeteciera; no obstante, fraguaba planes para llegar hasta la cocina y apropiarse, aunque no tuviese hambre, de lo que estaba seguro le correspondía por derecho. La hermana no perdía tiempo en pensar qué podía agradarle; antes de salir para el trabajo por la mañana y por la tarde, empujaba con el pie dentro del cuarto un recipiente con cualquier comida, y más tarde al volver, sin detenerse a comprobar siquiera si Gregor había probado el alimento —lo que sucedía la mayoría de las veces—, barría los restos apresuradamente con la escoba. El arreglo de la habitación, que siempre se llevaba a cabo por la noche, no podía ser tampoco más rápido. Las paredes chorreaban suciedad, y el polvo y la basura aumentaban en los rincones.

Al principio, cuando entraba la hermana, Gregor se colocaba deliberadamente en el rincón donde la basura resultaba más ostensible. Pero ahora podría haberse quedado allí durante semanas, sin que la hermana se diese por enterada de ello, pues parecía estar firmemente decidida a dejar las cosas como estaban. Con un celo antes inusitado en ella, pero que parecía haber afectado al resto de la familia, no toleraba que ninguna otra persona participase en el arreglo de la habitación. Una vez la madre limpió a conciencia el cuarto de Gregor, tarea para la cual se requirieron algunos cubos de agua —preciso fue reconocer que la humedad afectó dolorosamente a Gregor, que permanecía huraño y sin moverse de debajo del sofá—, pero el castigo no tardó mucho en llegar, en cuanto regresó la hermana por la tarde y observó las nuevas condiciones de la habitación. Se sintió herida en lo más hondo de su alma y, sin tomar en consideración los ruegos de la madre, prorrumpió en un llanto desconsolado que impresionó a los padres por lo que tenía de extraño e irreparable. El padre, al lado de la madre, reconvenía a ésta por no haber dejado a la hermana la primacía en el arreglo del cuarto de Gregor; mientras, la hermana, al otro lado del padre, afirmaba a gritos que no se ocuparía más en el futuro de aquel cuarto. Por su parte, la madre intentaba llevarse al padre, que seguía furibundo, a su habitación; la hermana, en una crisis de histerismo, daba puñetazos con sus pequeñas manos sobre la mesa, y Gregor zumbaba de rabia, pues nadie había tomado la precaución de cerrar la puerta y evitarle así aquel triste espectáculo.

Pero si la hermana, agobiada por el trabajo, no estaba ya en condiciones de ocuparse de Gregor, no era necesario que la sustituyese la madre. Para eso estaba la asistenta, una viuda con bastantes años encima y a la que su robusta naturaleza había ayudado, sin duda, a soportar las pesadumbres de su no corta vida. Sin que pudiese acreditarse que fuera por curiosidad, abrió un día la puerta del cuarto de Gregor y, sin dar ninguna muestra de repugnancia, cuando vio a éste, que, pese a que no era perseguido, corría de un lado para el otro, alarmado por la intrusión, permaneció impasible con las manos cruzadas sobre el vientre.

A partir de entonces, nunca dejaba de entreabrir disimuladamente la puerta para echar un vistazo a Gregor. Las primeras veces le prodigaba palabras, que ella suponía cariñosas, como:

—¡Ven aquí, pedazo de bicho! ¡Menudo pedazo de bicho éste!

A estas palabras, Gregor hacía oídos sordos y continuaba inmóvil donde estaba, como si la puerta no se hubiese abierto. Mucho más conveniente hubiese sido que se le hubiese ordenado a esa asistenta que limpiase el cuarto todos los días, en vez de que apareciese allí para fastidiarlo caprichosamente, sin ningún provecho.

Una mañana, mientras la lluvia, anuncio sin duda de la primavera, fustigaba los cristales, la asistenta insistió nuevamente en provocar a Gregor, y éste perdió la paciencia, hasta tal punto que se enfrentó a ella, torpe y débil, pero en actitud de atacar. No obstante, ella no se asustó lo más mínimo, sino que levantó una silla próxima a la puerta y permaneció en tal actitud, con la boca abierta, dando muestra inequívoca de que no la cerraría hasta después de haber descargado la silla sobre el caparazón de Gregor.

—¿Parece que hay miedo? —dijo al ver que Gregor retrocedía, y volvió tan tranquila a dejar la silla en su sitio.

Gregor apenas comía. Cuando pasaba junto a los alimentos que le ponían, mordía algo para probarlo, y luego lo dejaba en la boca durante horas para escupirlo casi siempre. Primero pensó que el desinterés por la comida era motivado por la melancolía que le suscitaba el estado de la habitación,

pero precisamente se acostumbró enseguida al nuevo aspecto que presentaba ésta. Poco a poco se habían habituado a mandar allí todo lo que resultaba molesto en otra parte, que era mucho, ya que una de las habitaciones del piso se había alquilado a tres pensionistas. Eran tres caballeros muy serios. Los tres tenían barba, como pudo comprobar Gregor, atisbando por la rendija de la puerta. Se preocupaban de que todo estuviese en el orden más estricto, y no sólo en su habitación, sino también en el resto de la casa, ya que vivían en ella, y principalmente en la cocina. Trastos superfluos, y mucho menos cosas sucias, no los toleraban.

Incluso habían trasladado al piso parte de su mobiliario, lo que convertía en innecesarias muchas cosas, imposibles de vender, pero que no se querían tirar. Y todo esto iba a dar al cuarto de Gregor, y también ceniceros y el cajón de la basura. Todo aquello que momentáneamente parecía no tener ninguna utilidad, sin vacilar demasiado, la asistenta lo tiraba al cuarto de Gregor, quien, por suerte, la mayoría de las veces alcanzaba a divisar sólo el objeto y la mano que lo lanzaba. Es posible que la intención que animaba a ésta fuese la de volver a buscar aquellas cosas más adelante cuando se presentase la ocasión, o bien tirarlas a la basura todas de una vez, pero el caso es que seguían allí, donde habían sido arrojadas originalmente, a menos que Gregor actuase para eliminar de en medio el trasto, cambiándolo de sitio, porque le quitaba el lugar para arrastrarse y lo hacía afanosamente a veces, aunque después de tan fatigosa tarea quedaba extenuado y triste, incapaz de hacer nada durante muchas horas.

Los huéspedes cenaban algunas noches en el comedor de la familia, y entonces cerraban la puerta que comunicaba con el cuarto de Gregor; pero ya no le importaba gran cosa a éste, ya que incluso las noches que permanecía abierta no le interesaba escuchar, sino que se refugiaba, sin que lo notasen los suyos, en el rincón más oscuro de la habitación.

Pero sucedió que un día la asistenta dejó entornada la puerta de su cuarto, que comunicaba con el comedor, y ésta continuó así por la noche cuando los huéspedes entraron a cenar y se encendió la luz. Se sentaron a la mesa, ocupando los sitios que en tiempos pasados correspondían al padre, a la madre y a Gregor, desplegaron las servilletas y empuñaron cuchillo y tenedor. Enseguida apareció por la puerta la madre, que traía una fuente repleta de carne, seguida de la hermana, que llevaba otra fuente llena de patatas.

De la comida ascendía una nube de vapor, que los huéspedes aspiraron inclinándose sobre las fuentes, colocadas frente a ellos, como si pretendiesen probar los alimentos antes de servirse. El que estaba sentado en medio, aparentemente el más importante de los tres, cortó un trozo de carne en la misma fuente, seguramente para comprobar que estaba tierna y que no era preciso devolverla a la cocina. Manifestó su aprobación, y la madre y la hermana, que habían estado pendientes de su veredicto, respiraron y sonrieron satisfechas.

Mientras tanto, la familia comía en la cocina. Pese a ello, el padre, antes de encaminarse a ésta, entraba en el comedor, hacía una inclinación general y luego, con la gorra en la mano, daba una vuelta alrededor de la mesa. Los pensionistas se incorporaban y contestaban con un murmullo, casi para sí mismos. Después volvían a sentarse y atacaban la comida sin apenas intercambiar palabras entre ellos.

Le parecía a Gregor que, entre los ruidos que percibía, el más evidente era el que hacían los dientes al comer, como si quisieran probar a éste que para comer se necesitan dientes y que la mandíbula más magnífica, exenta de dientes, para poco puede servir. «La verdad es que tengo hambre —se decía Gregor—, pero no es esa clase de comida la que me apetece. ¡Menudo apetito tienen estos señores! ¡Y mientras tanto, yo sin comer, muriéndome de hambre!

Esa misma noche —Gregor no recordaba haber oído el violín desde hacía tiempo— oyó tocar en la cocina. Los pensionistas habían terminado su cena. El que estaba en medio había desplegado un periódico y había dado una hoja a cada uno de los otros dos, y los tres leían y fumaban cómodamente recostados hacia atrás.

Al oír el violín levantaron la vista, con la atención puesta en la melodía. Se incorporaron y, de puntillas, fueron hasta la puerta del vestíbulo, junto a la que se quedaron quietos, hombro con hombro. Desde la cocina los oyeron seguramente, pues el padre preguntó:

—Quizá a los señores les moleste la música. —Y agregó—: Si es así, se interrumpirá inmediatamente.

—Todo lo contrario —afirmó el señor al que se suponía el principal—. ¿No querría pasar la señorita y tocar aquí? Resultaría muchísimo más cómodo y agradable.

—¡Sin duda, así lo haremos! —contestó el padre, como si fuese él mismo el ejecutante.

Los tres pensionistas retornaron al comedor y aguardaron. Enseguida apareció el padre con el atril, seguido de la madre con las partituras y por último la hermana con el violín. Ésta preparó todo con calma para empezar a tocar. Los padres, que nunca habían alquilado habitaciones a huéspedes y que por ello exageraban la amabilidad para con éstos, no se decidieron a ocupar sus propios asientos. El padre permaneció apoyado en la puerta, con la mano derecha metida entre dos botones de la librea que estaba cerrada; sin embargo, a la madre le fue ofrecido un sillón por uno de aquellos señores, y se sentó en un rincón apartado, ya que no se atrevió a mover el asiento del sitio en que aquel señor lo había colocado casualmente.

La hermana empezó a tocar y el padre y la madre, cada cual desde sus respectivos sitios, seguían todos los movimientos de sus manos sin quitar ojo. Gregor, seducido por la música, se decidió a avanzar algo y se encontró con la cabeza dentro del comedor. Apenas le preocupaba la escasa consideración que sentía por los demás en los últimos tiempos, y no obstante en el pasado se había preciado de esta consideración. Ahora tenía más motivos para no exhibirse, ya que, debido a la suciedad en que vivía, el menor movimiento que hacía levantaba nubes de polvo a su alrededor, e incluso él estaba cubierto de polvo y acarreaba en la espalda y en los costados hilachas, pelusas y restos de comida. Su apatía hacia los demás era mucho mayor que cuando antes se echaba sobre la alfombra varias veces al día, restregándose la espalda. No obstante, pese al estado en que se encontraba, no tenía el menor reparo en arrastrarse por el suelo impoluto del comedor.

Pero la verdad es que de momento nadie estaba pendiente de él. La familia se encontraba totalmente embelesada por el violín y los huéspedes, que al principio se habían situado, con las manos en los bolsillos del pantalón,

próximos al atril, tan cerca que podían ir leyendo las notas y probablemente molestaban a la hermana, después de un rato se colocaron junto a la ventana, donde estaban murmurando con las cabezas juntas, examinados por el padre, al que tal actitud parecía preocupar, ya que podía interpretarse como falta de interés por oír música clásica o ligera, y comenzaban a impacientarse, de modo que solamente por cortesía soportaban que se les continuase molestando y se siguiese turbando su sacrosanta tranquilidad. Sobre todo la manera que tenían todos de expeler por la boca o la nariz el humo de sus cigarros indicaba su irritación.

Y, no obstante, ¡qué maravillosamente tocaba la hermana! Con el rostro vuelto continuaba con expresión concentrada y triste leyendo la partitura. Gregor avanzó un poco más hacia delante y conservó la cabeza pegada al suelo, procurando encontrar con su mirada los ojos de la hermana.

¿Sería una fiera que se dejaba conmover tanto por la música?

Se figuraba que se abría ante él una senda que debía llevarlo hasta un alimento no conocido, vivamente deseado. Sí, había decidido acercarse a la hermana, tirarle de la falda y conducirla hasta su cuarto para que comprendiese que nadie apreciaba aquí su música como él. Y en lo sucesivo no debía salir de su cuarto, por lo menos mientras él estuviese con vida. Por una vez al menos había de serle útil para algo su horrorosa forma actual.

Anhelaba poder estar a un tiempo en todas las puertas, presto a saltar sobre todos los que intentaran acometerle. Pero era necesario que la hermana estuviese junto a él, no obligada, sino de buen grado. Era menester que se sentase a su lado en el sofá, que se inclinase hacia él, y así le revelaría al oído que había tenido el firme propósito de enviarla al conservatorio y que, de no haber acaecido la desgracia en las Navidades pasadas, así lo hubiera hecho saber a todos, sin preocuparle las objeciones en contra. Y al saber esta decisión, la hermana, emocionada, empezaría a llorar, y Gregor se empinaría hasta sus hombros y la besaría en el cuello, que desde que trabajaba en la tienda llevaba descubierto, sin cinta.

—Señor Samsa —dijo repentinamente al padre el señor que parecía ser el de más autoridad. Y sin agregar ninguna otra palabra, señaló al padre, con el dedo extendido en aquella dirección, a Gregor, que se arrastraba lentamente.

El violín se interrumpió en el acto y el señor que parecía ser el de más autoridad sonrió a sus compañeros, moviendo la cabeza, y volvió a mirar a Gregor.

El padre creyó que lo más importante de momento, en lugar de echar de allí a Gregor, era tranquilizar a los huéspedes, quienes, por otra parte, aparentaban gran calma y parecían estar más entretenidos con la presencia de Gregor que con el violín. Corrió hacia ellos y, separando los brazos, intentó empujarlo hacia su habitación, al tiempo que les ocultaba con su cuerpo la vista de Gregor. Entonces ellos no disimularon su disgusto, aunque no era posible determinar si obedecía a la actitud del padre o a percatarse en aquel instante de que habían convivido, ignorándolo, con un ser de aquella especie.

Exigieron explicaciones al padre, levantaron a la vez los brazos hacia arriba, se mesaron las barbas con ademán turbado y no volvieron sino muy despacio hasta su habitación.

Entre tanto, la hermana había logrado superar la impresión que momentáneamente le había causado la repentina interrupción. Permaneció un instante con los brazos caídos, sujetando débilmente el arco y el violín, con la mirada perdida sobre el pentagrama, como si todavía estuviese tocando. Y bruscamente explotó. Arrojó el instrumento en los brazos de la madre, que permanecía sentada en su sillón, sofocada con el mal funcionamiento de sus pulmones, y se lanzó hacia el cuarto contiguo, al que los huéspedes, empujados por el padre, estaban aproximándose ya más deprisa. Con suma destreza, separó y tiró por los aires mantas y almohadas, y, aun antes de que los señores entrasen en su habitación, ya había concluido de arreglarles las camas y desaparecido.

El padre, obsesionado por impedir que viesen a Gregor, olvidaba la más elemental prudencia y seguía empujando frenéticamente. Al llegar al umbral de la habitación, el que se suponía más autorizado de los tres golpeó con violencia el suelo con el pie y con voz estentórea lo detuvo diciendo:

—Les comunico a ustedes —y levantó una mano al pronunciar estas palabras, buscando con la mirada a la madre y la hermana— que, teniendo en cuenta las nauseabundas circunstancias que concurren en esta casa y en esta familia —y al decir esto escupió con desprecio en el suelo—, en este preciso momento me retiro, haciendo la salvedad de que nada he de pagar por los días que he permanecido aquí, y además me reservo el derecho de considerar si he de conminarle a usted a una indemnización, pues estoy persuadido de que sería fácilmente justificable.

Guardó silencio y miró a su alrededor, como a la espera de algo. Y así fue, pues sus dos compañeros corroboraron rápidamente sus palabras, agregando por cuenta propia:

—Nosotros también nos retiramos inmediatamente.

Dicho lo cual, el que parecía tener más autoridad de ellos asió el picaporte y cerró dando un portazo.

El padre, temblando al andar y con las manos extendidas, se encaminó hacia su butaca y se desplomó sobre ella. Podía pensarse que se disponía a abandonarse a su cotidiano sueñecito nocturno, aunque la pronunciada inclinación de su cabeza, desmayada sobre el pecho, indicaba que no dormía.

Durante todos estos acontecimientos, Gregor había estado en silencio, detenido en el mismo lugar en que le habían descubierto los huéspedes. El desaliento producido por el desastroso final de sus proyectos y también, sin duda, la debilidad causada por el hambre le imposibilitaban hacer ningún movimiento. No podía extrañarle que no tardase en desencadenarse sobre él la tormenta que aguardaba. Ya ni se alarmó con el ruido del violín, resbalado del regazo de la madre, por el impulso de sus dedos temblorosos.

—Queridos padres —dijo la hermana, subrayando estas palabras con un violento puñetazo sobre la mesa—, es imposible seguir así. Si no lo entendéis vosotros, yo sí me doy cuenta de ello. Delante de este monstruo no puedo de ninguna manera pronunciar el nombre de mi hermano y solamente me limitaré a deciros esto: debemos hacer todo lo posible para deshacernos de él. Nadie podrá reprocharnos en lo más mínimo nuestra actitud. Hemos procedido con la mayor humanidad para cuidarlo y soportarlo.

—Tienes toda la razón —contestó enseguida el padre.

La madre, que todavía respiraba con dificultad, empezó a toser ahogadamente, con la mano en el pecho y los ojos a punto de salirse de las órbitas, con expresión enloquecida.

La hermana se fue a su lado.

Las palabras de la hermana parecieron obligar al padre a concretar más sus pensamientos. Se había incorporado en la butaca, daba vueltas a su gorra de ordenanza entre los platos, que estaban todavía sobre la mesa, con los restos de la comida de los huéspedes, y cada tanto miraba a Gregor con gran calma.

—Es necesario que tratemos de deshacernos de él —volvió a decir la hermana al padre, ya que la madre, luchando con la tos, no estaba en condiciones de oír nada—. Esta situación terminará matándoos a los dos, lo preveo. Teniendo que trabajar como estamos obligados nosotros, no se pueden sufrir además en casa estos tormentos. Yo no resisto más.

Y estalló en un llanto tan fuerte que las lágrimas se esparcieron por el rostro de la madre, quien se las limpió automáticamente con la mano.

—Querida hija —dijo a modo de contestación el padre, compadecido y con extraordinaria lucidez—, ¿qué podemos hacer?

La hermana se limitó a levantar los hombros, en un gesto que indicaba su desconcierto, mientras proseguía llorando, lo que constituía un enorme contraste con la actitud decidida de antes.

—Si por lo menos él pudiese comprendernos —añadió el padre de una forma que pareció interrogativa.

Y la hermana, sin dejar de llorar, movió enérgicamente la mano, dando a entender que no había que concebir ninguna esperanza sobre el particular.

—Si por lo menos pudiese comprendernos —recalcó el padre, entornando los ojos como queriendo significar que también él estaba completamente persuadido de la imposibilidad de esto—, quizá sería posible llegar a un compromiso con él. Aunque en esta situación...

—Es necesario que se vaya —exclamó la hermana—. Debes alejar de ti la idea de que eso es Gregor. El haberlo creído todo este tiempo es la causa de todos nuestros males. ¿Puede ser Gregor? Si lo fuese, se hubiese dado cuenta desde el principio de que no hay posibilidad de que seres humanos puedan hacer vida común con ese monstruo. Él mismo hubiese tomado la decisión de irse. Es verdad que hubiésemos perdido al hermano, pero así seguiríamos viviendo y quedaría entre nosotros su eterno recuerdo. En

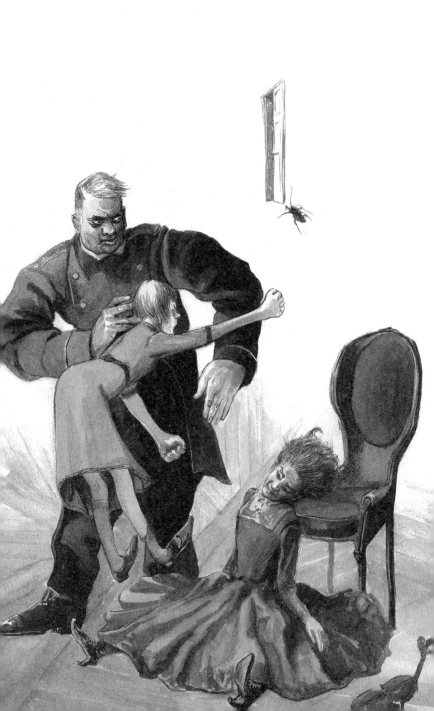

cambio, ahora este bicho nos acosa, expulsa a nuestros huéspedes, y todo parece indicar que pretende apoderarse de toda la casa y echarnos a la calle. ¡Padre, mira! —se puso a gritar de repente—. ¡Vuelve a empezar!

Y, con un terror que a Gregor le pareció inexplicable, la hermana se apartó de la butaca de la madre, como prefiriendo dejarla a su suerte antes de estar próxima a Gregor, protegiéndose detrás del padre, el cual, exaltado por esta actitud, se levantó a su vez, abriendo los brazos ante la hermana, en un gesto de protección.

Pero Gregor no había pensado de ninguna manera en asustar a nadie, y naturalmente menos a su hermana. Simplemente había iniciado un movimiento de retorno a su habitación, y esto fue seguramente lo que impresionó a los demás, ya que en el estado calamitoso en que se encontraba para efectuar aquel arduo movimiento debía recurrir a la cabeza, elevándola y tornando a apoyarla en el suelo seguidamente. Se detuvo y oteó en torno suyo. Parecía que habían comprendido su sana intención. Había sido solamente un susto injustificado.

Todos estaban ahora mirándolo en un silencio melancólico. La madre seguía en su butaca, con las piernas estiradas ante sí, apretadas una contra otra, y los ojos semicerrados por la fatiga. La hermana y el padre se encontraban sentados uno junto al otro, y la hermana rodeaba con el brazo el cuello del padre.

«Vamos, ya puedo empezar a moverme», pensó Gregor, iniciando nuevamente su doloroso movimiento. Se le escapaban involuntariamente prolongados zumbidos, y cada tanto debía detenerse para recobrar fuerzas. Pero nadie lo azuzaba. Se le dejaba en paz. Una vez vuelto, empezó enseguida la marcha atrás en línea recta. Le sorprendió la larga distancia que le separaba de su habitación. Le era difícil comprender cómo en el estado de extenuación en que se encontraba le había sido posible realizar el mismo trayecto un rato antes, sin notarlo apenas. Decidido nada más a arrastrarse lo más rápidamente que pudiese, casi no observó que ninguno de los familiares lo perseguía con palabras o gritos.

Cuando se encontró en el umbral, volvió no obstante la cabeza, aunque levemente, ya que notaba muy rígido el cuello, y pudo comprobar que todo seguía igual detrás de él. Solamente la hermana se había levantado. Y su última mirada fue para la madre, que finalmente se había dormido.

En cuanto entró en su habitación, oyó que se cerraba inmediatamente la puerta y se echaba la llave. El repentino ruido que causó esto le sobresaltó de tal manera que se le doblaron las patas. Era la hermana quien se había apresurado a cerrar. Se había quedado de pie, como vigilando el momento de poder abalanzarse a encerrarlo. Gregor no la oyó acercarse.

—¡Ya está! —exclamó ella, hablándoles a los padres, al mismo tiempo que echaba la llave a la puerta.

«¿Y ahora?», se preguntó Gregor, mirando en torno suyo en las tinieblas.

Pero enseguida pudo advertir que le era completamente imposible moverse; por el contrario, no comprendía cómo podía haber avanzado hasta entonces sobre aquellas escuálidas patitas. No obstante, se encontraba hasta cierto punto a gusto. Verdad es que le dolía todo el cuerpo, pero creía notar que esos dolores iban disminuyendo más y más, y al final desaparecerían. Casi no le molestaba ya la manzana podrida que llevaba incrustada en su caparazón y la inflamación rodeada de blanco por el polvo. Pensaba en los suyos con ternura y emoción. Estaba más decidido que su hermana a su desaparición. Y este estado de serena reflexión y apatía se mantuvo hasta oír dar las tres de la mañana en el reloj de la iglesia. Aún pudo vivir hasta el comienzo del alba, que clareaba tras los cristales. Después, a pesar suyo, su cabeza se hundió del todo y su hocico despidió débilmente su último aliento.

A la mañana siguiente, cuando llegó la asistenta —daba tales portazos que, en cuanto entraba, era de todo punto imposible poder seguir durmiendo, pese a que en muchas ocasiones se le había rogado que fuese más comedida—, abrió la puerta para echar el consabido vistazo a Gregor. No notó al principio nada que le llamase la atención. Creyó que la completa inmovilidad de éste era intencionada, para fingirse enfadado, ya que lo creía capaz de discernir con plena capacidad. Por casualidad, llevaba un deshollinador en la mano, y quiso hurgar con él para hacerle cosquillas desde la puerta.

Cuando comprobó que nada obtenía así, se molestó y empezó a pincharle. Solamente después de que le empujara sin observar ninguna reacción lo

miró atentamente, dándose cuenta de lo sucedido. Abrió los ojos asombrada y se le escapó un silbido de asombro. Pero no lo dudó demasiado, sino que, abriendo violentamente la puerta de la alcoba, lanzó a voz en cuello en la oscuridad:

—¡Vengan a verlo! ¡Ha reventado! ¡Ahí pueden verlo, lo que se dice reventado!

El señor y la señora Samsa se incorporaron en su lecho matrimonial. Tuvieron que hacer un esfuerzo para sobreponerse a la sorpresa, y les llevó bastante tiempo entender lo que significaban aquellas voces de la asistenta. Pero, una vez que lo advirtieron, salieron enseguida de la cama cada cual por su lado, tropezando en su apresuramiento. La señora Samsa iba sólo vestida con su camisón de dormir, y de esta guisa entraron en la habitación de Gregor.

Entretanto, se había abierto la puerta del comedor, donde dormía Grete desde la llegada de los huéspedes. Grete estaba completamente vestida, como si no se hubiese acostado en toda la noche, lo que parecía corroborar la palidez de su cara.

—¿Está muerto? —exclamó la señora Samsa, mirando dubitativamente a la asistenta, pese a que podía comprobarlo por sí misma, e incluso averiguarlo sin necesidad de ninguna comprobación.

—Así es —replicó la asistenta, empujando todavía un largo trecho con el escobón el cadáver de Gregor, para probar la veracidad de su aserto.

La señora Samsa hizo un ademán como para detenerla, pero no lo llevó a cabo.

—Bueno —dijo el señor Samsa—, ya podemos dar gracias a Dios.

Se persignó, y las tres mujeres hicieron lo mismo. Grete no separaba los ojos del cadáver:

—Fijaos cómo estaba de delgado —añadió—. La verdad es que hacía ya mucho tiempo que no comía nada. Lo mismo que llevaba las comidas, las volvía a retirar.

El cuerpo de Gregor se veía completamente achatado y seco. Esto sólo podía verse claramente ahora, que ya no le sostenían las patitas, y todas las miradas estaban pendientes de él.

—Grete, ven un momento con nosotros —dijo la señora Samsa, sonriendo tristemente.

Y Grete, mirando constantemente el cadáver, siguió a los padres a la alcoba.

La asistenta cerró la puerta y abrió de par en par la ventana.

Todavía era muy temprano, pero se notaba en el aire frío un halo tibio. Estaba ya terminando el mes de marzo.

Los tres huéspedes salieron de su habitación, buscando ansiosos su desayuno. Se habían olvidado de ellos.

—¿Qué pasa con el desayuno? —interrogó a la asistenta con tono malhumorado el señor que parecía de más autoridad.

Pero ésta, llevándose el índice a los labios, instó silenciosamente, con enérgicos ademanes, a entrar en el cuarto de Gregor a los tres señores.

La siguieron, y se quedaron allí, en la habitación llena de luz, rodeando el cadáver de Gregor, con expresión despreciativa y las manos metidas en los bolsillos de sus un tanto rozados chaqués.

En ese momento se abrió la puerta de la alcoba y apareció el señor Samsa, vestido con su librea, flanqueado por las dos mujeres. Todos tenían aspecto de haber llorado algo, y Grete escondía cada tanto la cara contra el brazo del padre.

—Márchense ustedes inmediatamente de mi casa —exclamó el señor Samsa, siempre flanqueado por las dos mujeres.

—¿Qué es lo que quiere usted decir con eso? —inquirió el señor que parecía de más autoridad, algo inseguro y sonriendo tímidamente.

Los otros dos estaban con las manos cruzadas a la espalda, y se las restregaban continuamente, como a la espera de una pelea cuyo desenlace les sería favorable.

—Quiero dar a entender exactamente lo que he dicho —contestó el señor Samsa, avanzando con sus dos acompañantes en una misma línea hacia el señor importante.

Éste permaneció un rato callado, mirando atentamente al suelo, como si sus pensamientos empezasen a organizarse en un nuevo esquema dentro de su cabeza.

—Siendo así, nos vamos —contestó por fin, mirando al señor Samsa, como si una autoridad repentina le obligase a pedirle permiso incluso para obedecer.

El señor Samsa se limitó a abrir mucho los ojos y hacer signos afirmativos, cortos y repetidos, moviendo la cabeza.

Tras esto, el huésped se dirigió con paso rápido al vestíbulo. Hacía un rato que sus compañeros escuchaban, pero sin restregarse ya las manos, y ahora lo siguieron pisándole los talones a grandes zancadas, como temerosos de que el señor Samsa llegase antes que ellos al vestíbulo y les impidiese unirse a su guía.

Llegados allí, los tres tomaron sus sombreros respectivos, que estaban colgados en el perchero, retiraron sus bastones respectivos del paragüero, hicieron una inclinación silenciosa y dejaron la casa.

Con un injustificado recelo, como se demostró posteriormente, el señor Samsa y las dos mujeres salieron al rellano y, apoyados en la barandilla, contemplaron cómo aquellos tres señores, despacio pero sin interrupciones, bajaban la larga escalera, ocultándose cada vez que ésta daba una vuelta en cada rellano para volver a aparecer un instante después.

A medida que se alejaban, disminuía el interés que hacia ellos sentía la familia Samsa, y cuando se cruzó con ellos y siguió luego subiendo el repartidor de una carnicería, que sostenía con altanería su cesto sobre la cabeza, el señor Samsa y las mujeres se retiraron de la barandilla y, quitándose un peso de encima, volvieron a entrar en el piso.

De común acuerdo optaron por dedicar aquel día al descanso y a pasear; no sólo se habían ganado bien esa pausa en su trabajo, sino que les era imprescindible. Se sentaron en la mesa y escribieron cada uno una carta: el señor Samsa a su jefe, la señora Samsa al dueño de la tienda y Grete al encargado.

Cuando estaban realizando esta tarea, entró la asistenta para decir que se iba, pues ya había concluido el trabajo de la mañana. Los tres continuaron escribiendo, sin concederle mucha atención, limitándose a asentir con la cabeza. Pero, al darse cuenta de que no terminaba de irse, levantaron los ojos, con enfado.

—¿Qué ocurre? —preguntó el señor Samsa.

La asistenta continuaba sonriente en el umbral, como si tuviese que hacer saber a la familia una buena noticia, pero insinuando con su actitud que no lo haría mientras no le diesen muestras de interés haciéndole algunas preguntas. La plumita que lucía erguida en su sombrero, y que resultaba antipática al señor Samsa desde el primer día que entró al servicio de la casa aquella mujer, se movía en todas direcciones.

—Pero, bueno, ¿qué es lo que quiere usted? —preguntó la señora Samsa, que era la que más respetaba a la asistenta.

—Pues verá —replicó ésta, con voz que interrumpía la risa—, ya no deben ustedes preocuparse de cómo quitar de en medio el trasto ese de ahí. Ya lo he solucionado.

La señora Samsa y Grete volvieron a inclinarse sobre su trabajo, como para proseguir escribiendo, y el señor Samsa, dándose cuenta de que la asistenta estaba decidida a contar todo con pelos y señales, la paró con una señal enérgica de la mano.

La mujer, al ver que no la dejaban soltar su relato, se acordó de que tenía mucho que hacer todavía.

—¡Hasta luego! Queden con Dios —dijo con voz severa.

Se volvió visiblemente irritada y dejó la casa dando un portazo que resonó terriblemente.

—Cuando venga esta tarde la despido —aseguró el señor Samsa.

Pero no obtuvo respuesta ni de su mujer ni de su hija, pues la asistenta parecía haber vuelto a perturbar la calma que apenas habían ganado.

La madre y la hija se incorporaron y se encaminaron hasta la ventana, ante la cual se quedaron abrazadas. El padre dio media vuelta a su butaca y permaneció mirándolas tranquilamente. Después dijo:

—Vamos, acercaos ya. Tenéis que olvidar todo lo ocurrido. Hacedlo también por mí.

Las dos mujeres obedecieron inmediatamente, se precipitaron hacia él, lo besaron y acariciaron, y concluyeron sus cartas.

Más tarde, los tres salieron juntos por primera vez desde hacía meses y tomaron el tranvía para ir hasta las afueras a respirar aire puro. El tranvía, en el

que eran los únicos viajeros, brillaba bajo la tibia luz del sol. Cómodamente apoyados en sus asientos, fueron hablando acerca del futuro, y llegaron a la conclusión de que, bien consideradas las cosas, éste no se perfilaba tan mal como podía haberse pensado, pues los tres trabajaban, y sus empleos, acerca de los cuales no habían cambiado impresiones directas unos con otros, eran satisfactorios y permitían mirar hacia delante con renovadas esperanzas. Lo primero que consideraron más conveniente fue mudarse de casa. Querían una casa más pequeña y más económica, mejor situada y con una distribución más cómoda que la actual, que había sido elegida por Gregor.

Y mientras hablaban de todo esto, casi simultáneamente se dieron cuenta el señor y la señora Samsa de que su hija, que en los últimos tiempos, pese a todos los esfuerzos que pusieron en ello, había desmejorado mucho, ahora se había recuperado y era una hermosa muchacha rebosante de vida. Sin cambiar ya palabra entre ellos, se entendieron casi de una manera tácita y se dijeron uno a otro que había llegado el momento de buscarle un marido conveniente.

Y cuando finalizó el viaje, y la hija se incorporó la primera, poniendo en evidencia sus formas juveniles, pareció ratificar con ello los nuevos anhelos y las sanas intenciones de los padres.

LA CONDENA

Fue un domingo por la mañana, en mitad de la primavera. Georg Bendemann, un comerciante joven, se encontraba sentado en su dormitorio en el primer piso de una de esas casas bajas y de defectuosa construcción que se alineaban en la orilla del río, difíciles de diferenciar entre sí por la altura y el color. Terminaba de escribir una carta a un amigo de la niñez que residía en el extranjero. Cerró el sobre abstraído y, aplicando los codos sobre la mesa, miró por la ventana el río, el puente y las colinas de la orilla opuesta, con su difuminada vegetación.

Rememoraba a su amigo, que hacía algunos años, en desacuerdo con las posibilidades que ofrecía su país, se marchó a Rusia. Actualmente explotaba un negocio en San Petersburgo, que inicialmente se desenvolvió muy bien, pero que de un tiempo a esta parte no marchaba. Así se deducía de las visitas, cada vez más distanciadas, de su amigo, durante las cuales se lamentaba de la situación. Por consiguiente, sus afanes en el extranjero no daban resultado. La estrambótica barba larga no había conseguido cambiar completamente su cara, tan conocida desde la niñez, cuya piel amarillenta denotaba alguna dolencia latente. Solía decir que no mantenía apenas relaciones con los compatriotas residentes en aquella ciudad, ni tampoco amistades de carácter personal con familias del lugar, de forma tal que parecía preverse que se mantendría en una permanente soltería.

¿Qué se le podía decir a una persona así, que claramente había elegido un camino no muy adecuado y a la que se podía comprender, pero no ayudar? ¿Quizá sugerirle que retornase a su país, que nuevamente se adecuase a vivir en él, que restablecer sus amistades de entonces era desde luego posible y que volviese a confiar en la comprensión de sus amigos? Pero esto hubiera implicado decirle (por más amable, no resultaría menos agradable) que todo su trabajo anterior no había dado ningún resultado y que ya era hora de batirse en retirada, que debía retornar a la patria y resignarse a ser visto en lo sucesivo como un repatriado, con ojos dilatados por el asombro, que únicamente sus amigos habían sido juiciosos, que él no era más que un niño eterno y que tendría que tener siempre en cuenta el consejo de sus amigos, más sensatos, porque nunca habían abandonado su país. ¿Pero se podía estar seguro de que todos estos sufrimientos que se le causarían darían algún resultado? Es muy posible que no tuviese deseos de volver. Él mismo manifestaba que había perdido el contacto con la vida comercial de su patria. Por consiguiente, continuaría en el extranjero pese a todo, torturado por los consejos y más alejado cada día de sus amigos. Por el contrario, si tomaba en cuenta tales consejos y si al regresar aquí empeoraba su situación, seguramente no por malicia, sino por la fuerza de las cosas, si no se encontraba a gusto ni con sus amigos ni sin ellos y si además se sentía humillado y se daba cuenta repentinamente de que había perdido su país y a sus amistades, ¿no sería más conveniente, considerándolo bien, que siguiera en el extranjero, como hasta ahora? Teniendo en cuenta todos estos datos, ¿podría verdaderamente afirmarse que era mejor para él volver al país?

Considerando todo lo anterior, si uno pretendía mantener con él relaciones epistolares, no era posible darle noticias reales, ni aun las que se comunicaban sin preocupación alguna a las personas menos allegadas. Habían transcurrido ya tres años desde su último viaje al país, y se disculpaba prolijamente, aduciendo que le era imposible apartarse de su actividad, por la incierta situación política en Rusia, en tanto que cientos de miles de rusos viajaban alegremente por el mundo. No obstante, en el curso de estos tres años se habían producido cambios notables para Georg. Aproximadamente hacía dos años había muerto su madre, y desde entonces vivía con su padre;

desde luego que el amigo, al enterarse de la noticia, le hizo llegar su pésame en una carta, en términos tan áridos que se podría pensar que el dolor provocado por ese acontecimiento no resultaba incomprensible en Rusia. Pero desde entonces Georg se había sumergido más en sus negocios, así como en todos los demás aspectos de la vida. Quizá el hecho de que, cuando vivía su madre, su padre no le dejara actuar conforme a su criterio había hecho difícil un esfuerzo más eficaz por su parte. Pero después de esa pérdida el padre, que dedicaba ya menos tiempo a sus negocios, se había hecho más autoritario. Quizá —y esto era lo más seguro— un periodo bastante largo de suerte le había ayudado, pero era evidente que en esos dos años los negocios habían resultado inesperadamente buenos. Habían tenido que aumentar al doble el número de empleados, la recaudación se había quintuplicado y seguramente el futuro deparaba otra serie de éxitos.

Su amigo desconocía todos estos cambios. En diversas ocasiones, y seguramente la última en su carta de pésame, había intentado convencer a Georg para que se trasladara a Rusia, explicándole minuciosamente las expectativas comerciales que existían en San Petersburgo. Las cifras que mencionó eran insignificantes, comparadas con el volumen que tenían ahora los negocios de Georg. Pero éste no se había sentido inclinado a enterar de sus éxitos a su amigo, y hacerlo ahora hubiera estado completamente fuera de lugar.

Por consiguiente, Georg se atenía en todos los casos a tener a su amigo informado de sucesos desprovistos de importancia verdadera, los que pueden venir a la mente por sí solos una apacible mañana de domingo. Intentaba solamente que la idea que durante todo ese tiempo se había ido formando su amigo de la ciudad donde nació, y con la cual vivía a su gusto, no sufriera cambios. Y sucedió que Georg, en tres cartas bastante espaciadas entre sí, le dio la misma noticia: un señor sin importancia se había prometido con una señorita también sin importancia, hasta que el amigo —lo cual no había supuesto Georg— empezó a demostrar interés por tan importante acontecimiento.

Georg elegía informarle de cosas así, en lugar de decirle que él también estaba prometido ya hacía varios meses con la señorita Frieda Brandenfeld, una joven de familia pudiente. Solía hablar de su amigo con su novia y de la peculiar relación epistolar que mantenían.

—Pero ¿no vendrá entonces a nuestro casamiento? —decía ella—. Yo me siento obligada a conocer a todos tus amigos.

—No quiero molestarlo —replicaba Georg—. Te ruego que me comprendas. Seguramente él vendría, o así lo creo, pero lo haría obligado y molesto, y es posible que me envidiase. Quizá se sentiría turbado e incapaz de dominar su malestar, y además tendría que volverse solo a Rusia. ¿Entiendes lo que eso significa?

—Desde luego que sí, pero ¿no podría enterarse por otro conducto de nuestra boda?

—No estoy seguro pero, teniendo en cuenta la vida que lleva, quizá no se entere.

—Con esos amigos tan raros que tienes no deberías haberte comprometido conmigo.

—Creo que la culpa es de ambos. La verdad es que de ningún modo quisiera dejar de hacerlo.

Y luego, cuando ella respiraba entrecortadamente por sus besos, añadió:

—Pero debo confesar que me inquieta.

Él pensó que en realidad nada perdería si contaba todo a su amigo. «Soy así y así me conoció —pensó—. No es natural que se forme una idea de mí que pueda ser un inconveniente para mantener nuestra amistad.»

Y así, en la extensa carta que terminaba de escribir ese domingo por la mañana, relataba a su amigo el éxito de su compromiso en los términos que siguen:

He dejado para el final la noticia más agradable. Me he comprometido con la señorita Frieda Brandenfeld. Es una joven de familia pudiente, que conocí cuando su familia vino a establecerse en la ciudad bastante tiempo después de que tú te marchases y a quien, por consiguiente, no puedes conocer. Más adelante no faltará oportunidad de darte más pormenores acerca de mi novia. Ahora me constriño a decirte que me siento muy feliz y que esto sólo modificará nuestra antigua amistad en que si antes tenías un amigo como la mayoría, ahora cuentas con un amigo dichoso. Por lo demás, tendrás en mi novia, que te hace llegar un saludo cordial y que en breve te escribirá personalmente, una amiga sincera, lo que casi siempre algo significa para un joven soltero. No ignoro que tus muchos asuntos hacen imposible que vengas a vernos, pero ¿no crees que mi boda es la ocasión más justificada para dejar al margen por un tiempo todos esos asuntos? No obstante, obra como te plazca, teniendo en cuenta solamente tu conveniencia.

Teniendo la carta en su mano, Georg estuvo un tiempo largo sentado frente a su mesa, con la mirada dirigida hacia la ventana. Apenas contestó con una sonrisa ausente al saludo de una persona conocida que pasaba por la calle.

Por último, se guardó la carta en el bolsillo y abandonó la habitación. Cruzó un corto corredor hasta llegar a la habitación de su padre, en la cual hacía varios meses que no entraba. Tampoco era necesario, ya que todos los días se veía con él en la oficina, y también solían comer juntos en el mismo restaurante; de noche, cada cual quedaba en libertad de hacer lo que le placiera, pero casi siempre permanecían un rato en la sala común, con sendos periódicos, salvo los días que Georg —que eran bastantes— salía con sus amigos o, como en los últimos tiempos, iba a ver a su prometida.

Georg se sorprendió de que la habitación de su padre estuviera tan oscura, incluso en aquella soleada mañana. ¡Tal era la sombra que proyectaba la elevada pared que flanqueaba el pequeño patio! El padre se encontraba sentado al lado de la ventana, en un rincón que estaba arreglado con algunos recuerdos de la fallecida madre, y leía el periódico manteniéndolo algo de costado frente a los ojos para aliviar cierto defecto visual. Encima de la mesa se veían los restos del desayuno, del cual parecía no haber comido casi nada.

—¡Ah, Georg! —exclamó el padre, y se levantó para recibirlo.

Al aproximarse, se entreabrió su gruesa bata y en amplio vuelo onduló crujiente en torno a él.

«Mi padre todavía es un gigante», se dijo Georg.

—Está terriblemente oscuro —observó después.

—Sí, es verdad. Está muy oscuro —replicó el padre.

—¿Y estás con la ventana cerrada? ¿Por qué?

—Me gusta más así.

—Hace mucho calor afuera —agregó Georg, como siguiendo su anterior observación, y se sentó.

El padre amontonó los platos del desayuno y los puso sobre la cómoda.

—Únicamente quería decirte —continuó Georg, que contemplaba con mirada ausente las operaciones del padre— que he pensado enviar a San Petersburgo la noticia de mi compromiso.

Extrajo del bolsillo un borde de la carta y luego volvió a meterla en él.

—¿A San Petersburgo? —inquirió el padre.

—Sí, a mi amigo —contestó Georg, buscando con la mirada los ojos de su padre.

«En los negocios es otro hombre —pensó—. Parece firme como una roca aquí sentado, con los brazos cruzados sobre el pecho.»

—Ya, a tu amigo —exclamó el padre con solemnidad.

—Como todavía recordarás, padre, primero pensé no darle la noticia de mi compromiso. Sobre todo por consideración hacia él. No había otro motivo. Pero, como bien sabes, es una persona algo suspicaz. Se me ocurrió que podría saberlo por otros conductos, aunque, considerando que hace una vida solitaria, no es muy posible. Me sería difícil impedirlo, aunque directamente por mí nunca se hubiese enterado.

—Y, pese a ello, ¿has mudado de opinión? —preguntó el padre, dejando su abultado periódico sobre el alféizar de la ventana y encima del periódico las gafas, que tapó con la mano.

—En efecto, ahora he cambiado de idea. Si efectivamente es amigo mío, pensé, la felicidad de mi compromiso también ha de constituir lo mismo para él. Y por consiguiente me he apresurado a hacérselo saber. Pero antes de despachar la carta quería que lo supieses tú.

—Georg —dijo el padre, enseñando al hablar su desdentada boca—, óyeme. Te diriges a mí para hablarme de este asunto. Sin duda ello te honra. Pero de nada sirve, lamentablemente no sirve de nada, si además no me dices toda la verdad. No deseo ahora poner en claro cuestiones que no vienen a cuento. Pero desde la muerte de nuestra amada madre, han sucedido algunas cosas verdaderamente penosas. Es posible que llegue el momento de decirlas, y seguramente mucho antes de lo que suponemos. En el negocio hay muchos asuntos que he dejado de saber, aunque con esto no quiero insinuar que se me oculten (no quiero decir ahora que así se hace deliberadamente). Mi capacidad está naturalmente disminuida. No puedo fiarme de mi memoria. Me es imposible estar al tanto de todo. En primer término, esto obedece a un inevitable proceso natural y, en segundo, la muerte de nuestra querida madrecita ha significado para mí un terrible golpe, que me ha afectado mucho más que a ti. Pero no quiero desviarme de este asunto, de la carta; por consiguiente, Georg, te suplico que no me engañes. Es una tontería. No creo que merezca mencionarla; por eso mismo no me mientas. ¿Realmente existe ese amigo tuyo en San Petersburgo?

Georg se incorporó sorprendido.

—Dejemos tranquilo a mi amigo. Todos los amigos del mundo no reemplazan a un padre. ¿Quieres saber lo que pienso? Que no te cuidas lo necesario. Tu avanzada edad exige muchas consideraciones. Eres para mí insustituible en el negocio, lo sabes sin duda, pero el negocio es ya peligroso para tu salud. Mañana, sin dudarlo, lo cierro para siempre. Y eso nos es perjudicial. No puedes seguir así mucho más tiempo. Es necesario cambiar completamente tus costumbres. Estás sentado aquí, en la oscuridad, cuando la sala está llena de luz. Dejas casi intacto tu desayuno, en lugar de alimentarte como debe ser. Te sientas junto a la ventana cerrada, cuando necesitarías respirar aire puro. ¡No, padre! Recurriré al médico, y obedeceremos sus instrucciones. Te mudarás de habitación. Te quedarás en el cuarto de delante y yo me instalare aquí. No extrañarás el cambio, porque trasladaremos también tus cosas. Pero tenemos tiempo para todo. Por ahora es necesario que descanses algo en la cama. Probablemente necesitas reposar. Déjame que te ayude a desvestirte. Ya verás cómo me arreglo. O si prefieres ir ya a la habitación de delante, puedes, mientras tanto, acostarte en mi cama. Me parece lo más prudente.

Georg permanecía al lado de su padre, que tenía caída sobre el pecho la cabeza de alborotados cabellos blancos.

—Georg —musitó el padre sin hacer ningún movimiento.

Georg se inclinó inmediatamente junto a su padre. Al observar su rostro cansado, percibió que las pupilas dilatadas lo miraban de soslayo.

—No existe tu amigo de San Petersburgo. Has sido siempre muy bromista y has querido también bromear conmigo. ¿Cómo puedes tener un amigo en aquel país? Verdaderamente me resulta imposible creerlo.

—Procura esforzar tu memoria —dijo Georg, ayudando a levantarse de su silla al padre y quitándole la bata, en tanto que el anciano se tenía en pie con dificultad—. Dentro de unos días hará tres años que estuvo aquí visitándonos. Aún tengo presente que le tenías poca simpatía. Dos veces por lo menos disimulé su presencia, pese a que realmente estaba conmigo en mi habitación. Tu antipatía hacia él la comprendo perfectamente, puesto que mi amigo es una persona muy peculiar. Pero después congeniaste bastante con él. Me sentía muy satisfecho de que lo oyeras, de que coincidieras con él y de que le hicieras preguntas. A poco que lo pienses, te acordarás. Nos relató increíbles historias de la Revolución rusa. Entre ellas, cuando vio en un viaje de negocios, en Kiev, a un pope en un balcón durante una revuelta, que se hizo con un cuchillo una cruz sangrienta en la palma de la mano y luego elevó la mano y arengó a la muchedumbre. Tú incluso has mencionado en varias ocasiones esta historia.

Entre tanto, Georg había conseguido sentar nuevamente a su padre y quitarle con sumo cuidado los pantalones de lana que llevaba encima de los calzoncillos, así como los calcetines. Al comprobar el estado de dudosa limpieza de la ropa interior, se censuró su despreocupación. Era sin ninguna duda una de sus obligaciones preocuparse de que no le faltaran a su padre mudas de ropa interior. Aún no se había puesto de acuerdo con su futura esposa sobre qué decidirían respecto a su padre, puesto que, por acuerdo tácito, habían dado por hecho que el padre continuaría viviendo solo en la antigua casa. Pero ahora cambió bruscamente de opinión y decidió que su padre viviría con ellos en su futura casa. Pensándolo mejor, quizá los cuidados que pensaba dedicar a su padre fuesen ya inútiles.

Condujo en sus brazos al padre hasta la cama. Sintió una sensación horrible al notar que en el corto recorrido hasta ésta su padre jugueteaba con la cadena del reloj que cruzaba su pecho. Apenas podía acostarlo. ¡Tan fuertemente se había asido a la cadena! Pero cuando el anciano se quedó acostado, todo pareció solucionado. Él mismo se tapó y se subió las mantas muy por encima de los hombros, lo que resultaba raro en él. Después, miró a su hijo con una expresión marcadamente amistosa.

—¿No es verdad que ahora empiezas a acordarte de él? —inquirió Georg, moviendo cariñosamente la cabeza.

—¿Estoy bien tapado? —preguntó el padre, como si le fuese imposible comprobar si tenía los pies debidamente cubiertos.

—Te encuentras ya mejor en la cama —agregó Georg, y le arregló la ropa.

—¿Estoy bien tapado? —preguntó otra vez el padre. Se le veía notablemente interesado en la contestación.

—Quédate tranquilo. Estás perfectamente cubierto.

—¡No! —exclamó el padre, cortándolo.

Echó hacia atrás las mantas con tal fuerza que en un instante se separaron por completo y se puso de pie sobre la cama, apoyándose levemente con una sola mano en el techo.

—Sé que tú quisieras taparme, mi pequeño hijo, pero aún no estoy acabado. Y, aunque pueden ser mis últimas fuerzas, para ti son muchas, demasiadas quizá. Conozco muy bien a tu amigo. Podría haber sido como un hijo para mí. Precisamente por eso, tú lo traicionaste un año tras otro. ¿Crees que no he llorado muchas veces por él? Por eso te encierras en el despacho, no puede entrar nadie, para escribir tus fingidas cartas a Rusia. El jefe tiene mucho trabajo. Pero afortunadamente un padre sabe leer perfectamente los pensamientos de su hijo. Cuando estabas seguro de que lo habías hundido, hasta el punto de que podías sentar tu trasero sobre él y ya no se movería, entonces, mi señor hijo, resuelves casarte.

Georg pudo imaginarse la siniestra imagen suscitada por su padre. El amigo de San Petersburgo, a quien inesperadamente su padre revelaba conocer tan bien, golpeó fuertemente su imaginación. Se lo figuró perdido en la inmensa Rusia. Lo vio ante la puerta del negocio vacío y saqueado. Entre los restos de los mostradores, de las mercancías destruidas, lo vio claramente. ¿Por qué se habría marchado tan lejos?

—Pero óyeme —exclamó el padre.

A punto de enloquecer, Georg se aproximó a la cama para saber todo de una vez, pero se paró a mitad de camino.

—Como ella se levantó las faldas —empezó a decir el padre—, como ella se levantó las faldas así, la cerda inmunda —y, como remedo, se alzó la camisa tan arriba que podía verse en su muslo la cicatriz de la guerra—, como ella se levantó las faldas así, te entregaste completamente; y para gozar tranquilamente con ella, manchaste la memoria de tu madre, traicionaste al amigo y arrojaste en el lecho a tu padre para que no pudiera moverse. Pero ¿puede o no puede moverse?

Se enderezó, prescindiendo de todo apoyo, y alzó las piernas.

Georg continuaba en un rincón, lo más alejado que podía de su padre. En otros tiempos, había resuelto firmemente observar atentamente todo para que nadie pudiera atacarle indirectamente, bien desde atrás o desde arriba. Se acordó de este perdido propósito y otra vez lo olvidó, como cuando se introduce un hilo corto a través del ojo de una aguja.

—Sin embargo, tu amigo no fue nunca traicionado —exclamó el padre, arrojando punzadas con el índice para mayor solemnidad—. Era yo su representante aquí.

—¡Farsante! —no pudo evitar gritar Georg. Enseguida reparó en su error, y cuando ya era tarde se mordió la lengua, con ojos desencajados, hasta notar que las rodillas le temblaban de dolor.

—¡Claro que sí! Es verdad que represento una farsa. ¡Farsa! ¡Magnífica palabra! ¿Qué otro alivio le quedaba al desgraciado padre viudo? Contéstame y procura ser, al menos durante el momento de la respuesta, lo que alguna vez fuiste: mi propio hijo. ¿Qué podía hacer yo en mi cuarto interior, acosado por un personal infiel, envejecido hasta el alma? Y mi hijo paseaba triunfalmente por el mundo, concertaba negocios que yo ya había preparado antes, estallando de presunción, y se mostraba ante su padre con una expresión hermética de hombre importante. ¿Piensas que yo no te habría querido, yo, de quien tú deseaste separarte?

«Ahora se balanceará hacia delante —pensó Georg—. ¡Si se cayera y se partiera los huesos!»

Estas palabras zumbaban en su cerebro.

El padre osciló hacia delante, pero no cayó. Al darse cuenta de que Georg no se aproximaba, como había supuesto, volvió a estirarse.

—Sigue donde estás. No te necesito para nada. Tú piensas que aún tienes bastante fuerza para acercarte y que no lo haces nada más que porque no quieres. Ten mucho cuidado. Puedes equivocarte. Todavía soy el más fuerte. Yo solo hubiera tenido que pasar al olvido, pero tu madre me comunicó de tal manera su fuerza que creé una estrecha relación con tu amigo, y tengo ahora guardados en este bolsillo a todos tus clientes.

«Tiene bolsillos hasta en la camisa», se le ocurrió a Georg, y pensó que esa sencilla afirmación bastaba para ponerlo en ridículo ante los ojos de todos. Lo pensó solamente un segundo y después siguió olvidando todo.

—Agárrate del brazo de tu novia y arriésgate a presentarte ante mí. ¡La arrojaré de tu lado, y ya verás cómo!

Georg hizo un gesto de duda. El padre se conformó con asentir, reafirmando la veracidad de sus palabras y dirigiéndolas hacia el rincón en donde seguía Georg.

—¡Cómo me he divertido hoy, cuando has llegado y me has preguntado si debías anunciar tu compromiso a tu amigo! ¡Si él ya lo sabe todo, niño tonto, todo! Le escribí yo, pues te olvidaste de quitarme los útiles de escribir. Por eso no viene desde hace muchos años, porque está al tanto de lo que sucede cien veces mejor que tú. Rompe tus cartas con la mano izquierda, sin leerlas tan siquiera, mientras que con la derecha abre las mías.

Exaltado, agitó el brazo sobre su cabeza.

—¡Lo sabe todo mil veces mejor que tú! —gritó.

—¡Mejor diez mil veces! —exclamó Georg para mofarse de su padre, pero antes de salir de su boca las palabras se trocaron en una penosa seguridad.

—Hace años que espero que me hagas esa pregunta. ¿Crees quizá que me importa alguna otra cosa en la vida? ¿Crees quizá que leo periódicos? ¡Toma! Y le tiró un periódico que, incomprensiblemente, había llevado con él a la cama.

Era un periódico antiguo, cuyo nombre resultaba completamente desconocido para Georg.

—Has tardado mucho tiempo en darte cuenta. La pobre madre murió antes de presenciar ese día de triunfo. Tu amigo está agonizando en Rusia. Hace ya tres años estaba amarillento como un muerto, y yo puedes ver cómo estoy. Para eso tienes ojos.

—Entonces, ¿me vigilas permanentemente? —exclamó Georg.

—Estoy seguro de que hace mucho que querías decirme eso. Pero ya no tiene importancia.

Y luego, levantando la voz:

—Debes saber que existen otras cosas en el mundo, pues hasta hoy sólo te interesaban las que se referían a ti. Es verdad que eras un inocente niño, pero también has sido un ser satánico. Y ahora, por consiguiente, óyeme: yo te sentencio a morir ahogado.

Georg se sintió arrojado de la habitación. Todavía resonaba en sus oídos el golpe que produjo su padre al dejarse caer sobre la cama. En la escalera, por cuyos escalones bajó como sobre un plano inclinado, se cruzó con la criada que subía para hacer la limpieza cotidiana del piso.

—¡Jesús! —exclamó ésta, y se tapó la cara con el delantal, pero ya Georg se había esfumado.

Salió corriendo y atravesó la calle hacia el río. Ya estaba agarrado a la baranda, como un famélico a su comida. De un salto limpio pasó por encima, como correspondía al perfecto atleta que había sido en sus años jóvenes, para engreimiento de sus padres. Se sostuvo un momento aún con manos que se debilitaban cada vez más. Atisbó por entre los barrotes de la baranda un autobús que se aproximaba, cuyo estruendo apagaría seguramente el ruido de su caída. Dijo en voz baja:

—Queridos padres, pese a todo, nunca os he dejado de amar. —Y se precipitó hacia abajo.

En ese instante una larga fila de vehículos atravesaba el puente.

CARTA AL PADRE

Querido padre:

Hace poco me preguntaste por qué digo que te tengo miedo. Como es habitual, no supe qué contestarte; en parte, precisamente por el miedo que me inspiras; en parte, porque en la justificación de dicho miedo intervienen demasiados pormenores para poder exponerlos con una aceptable consistencia. Y si, valiéndome de esta carta, procuro responder a tu pregunta por escrito, lo haré a no dudarlo de forma muy incompleta, ya que, aun escribiendo, el miedo y sus efectos me atenazan cuando pienso en ti, y porque las dimensiones del tema exceden con mucho los límites de mi memoria y de mi entendimiento.

A ti este problema se te ha antojado siempre muy sencillo, al menos por la forma en que has hablado de él delante de mí y sin reparos delante de muchas personas. Lo veías aproximadamente así: toda tu vida has trabajado duramente, todo lo has sacrificado por tus hijos, especialmente por mí; por lo tanto, yo he vivido «con todas las comodidades», he dispuesto de libertad para estudiar lo que quisiera, no he necesitado preocuparme por mi sustento, o sea, que no he tenido que preocuparme por nada; a cambio, tú no has exigido gratitud (conoces «la gratitud de los hijos»), pero sí, como mínimo, algún acercamiento, alguna muestra de simpatía; en vez de eso, siempre me he ocultado de ti, en mi habitación, con libros, con amigos alocados, con ideas excéntricas. Nunca te he hablado con franqueza, no me he puesto junto a ti en el templo, nunca he ido a verte a Franzensbad, tampoco nunca ha aflorado en mí el sentido de la familia y he ignorado el negocio y cualquier otro asunto tuyo. Te he endosado la fábrica, dejándote luego solo. He apoyado a Ottla[1] en sus caprichos, y mientras que por ti nunca me presto a mover un dedo (nunca te he traído una entrada para el teatro), soy capaz de cualquier sacrificio por los amigos. Si sintetizas tu juicio sobre mí, resulta que en verdad no me reprochas nada que sea precisamente indecoroso o malintencionado (con excepción quizá de mis últimos proyectos de matrimonio), sino frialdad, desapego, ingratitud. Y me lo reprochas como si fuera culpa mía, como si, con un simple golpe de timón, hubiese podido dar a todo ello un rumbo distinto, mientras que tú quedas libre de toda culpa, hasta de haber sido excesivamente bueno conmigo.

Esta manera usual tuya de ver las cosas la considero justa sólo en el sentido de que yo también pienso que eres totalmente inocente de nuestro alejamiento. Pero yo soy tan inocente como tú. Si pudiera llevarte a admitirlo, entonces sería posible no una nueva vida (ambos somos demasiado mayores para ello), pero sí una forma de paz, no un cese, sino una suavización de tus continuos reproches.

Es raro. Tú tienes un presentimiento de lo que quiero expresar. Así, por ejemplo, me decías hace poco: «Siempre he sentido predilección por ti, aunque exteriormente no me haya manifestado como otros padres, porque precisamente no puedo fingir como pueden otros». Ahora bien, padre, en conjunto, nunca he dudado de tu bondad para conmigo; pero tu observación me parece errónea. No puedes fingir, es verdad, pero la pretensión de afirmar, por esta sola razón, que los otros padres fingen, resulta o bien un puro sofisma que no admite más discusiones, o bien —y yo pienso que estoy en lo cierto— una manifestación velada de que algo marcha mal entre nosotros y de que tú, aunque sin culpa, has sido una de las causas de ello. Si opinas así, estamos de acuerdo.

Por supuesto, no digo que haya llegado a ser lo que soy solamente por tu influjo. Sería exagerar demasiado (y soy proclive a esta exageración).

---

1   Ottilie, la menor de las tres hermanas de Kafka, nacida el 29 de octubre de 1892.

Es probable que, aunque hubiese crecido totalmente ajeno a tu influencia, tampoco hubiera podido llegar a ser como tú habrías deseado. Es probable que me hubiera convertido, pese a todo, en un ser débil, medroso, vacilante, inquieto, ni un Robert Kafka[2] ni un Karl Hermann,[3] y, sin embargo, sería muy distinto a como soy ahora y nos habríamos tolerado perfectamente. Me hubiera hecho feliz tenerte como amigo, como jefe, tío, abuelo e incluso (aunque ya con dudas) como suegro. Sólo como padre hasta resulta demasiado fuerte para mí, sobre todo porque mis hermanos murieron con poca edad y las hermanas no nacieron hasta mucho después; o sea, que yo tuve que soportar absolutamente solo el primer golpe, y resulté demasiado débil para ello.

Comparémonos tú y yo: yo, para usar muy pocas palabras, soy un Löwy[4] con cierto fondo kafkiano, que sin embargo no se pone en movimiento por la voluntad kafkiana de vida, de comercio, de conquista, sino por un aguijón löwyano que entra de un modo más oculto, más medroso, en otra dirección, y que con frecuencia interrumpe su penetración. Por el contrario, tú eres un verdadero Kafka por tu robustez, salud, apetito, humor, elocuencia, autosatisfacción, mundología, tenacidad, fortaleza de espíritu, conocimiento de las personas, cierta generosidad; por supuesto, estas cualidades llevan consigo todos los defectos y debilidades a los que te arrojan tu fuerte temperamento y en ocasiones tu irascibilidad. Quizá no seas totalmente un Kafka en su concepción general del mundo, especialmente si te comparo con los tíos Philipp, Ludwig y Heinrich.[5] Es extraño, pero tampoco en este aspecto veo las cosas muy claras. Casi seguro que todos ellos eran aún más alegres, más frescos, más desenvueltos, más frívolos, menos severos que tú. Debo decir que he heredado mucho de ti en este punto y he administrado bien la herencia, sin disfrutar no obstante, en mi personalidad, de las imprescindibles compensaciones de que tú dispones para mantener el equilibrio. Aunque, por otro lado, en este aspecto habrás vivido diversas fases. Con certeza eras

---

2   ¿Un primo?

3   Marido de Elli.

4   Julie Löwy era el nombre de soltera de la madre de Kafka.

5   Hermanos de Hermann Kafka, el padre.

más alegre antes de que tus hijos, especialmente yo, te decepcionasen y te agobiasen en casa (si había extraños, eras diferente), y es probable que también ahora vuelvas a ser alegre, porque los nietos y el yerno te devuelven algo del calor que los hijos, quizá con excepción de Valli,[6] te negaron. De cualquier forma, éramos tan distintos y tan peligrosos el uno para el otro en esa diferencia que si alguien hubiese pretendido conocer anticipadamente cómo habíamos de comportarnos, yo, el niño en lenta evolución, y tú, el hombre formado, habría podido aventurar que tú me aplastarías bajo tus pies, no quedando nada de mí. No ha ocurrido así. Lo vivo no admite conjeturas. Pero lo que ha ocurrido quizá sea peor. En definitiva, reitero aquí mi ruego de que no lo olvides: nunca he creído, ni remotamente, en una culpabilidad tuya. Causaste en mí el efecto que por lógica tenías que causar, pero ahora tendrías que no considerar más como una especial malignidad el haber sido dominado por este efecto.

Yo era un niño temeroso, lo que no obsta para que también fuera testarudo, como es común que lo sean los niños; además fui mimado por mi madre, pero me resisto a creer que fuese especialmente rebelde. No puedo creer que una palabra comprensiva, una mano tendida en silencio, una mirada dulce no hubiesen obtenido todo de mí. Lo cierto es que tú, en el fondo, eres bondadoso y tierno (lo que expongo no contradice este hecho; me refiero tan sólo a la influencia en el niño de tu apariencia), mas no todos los niños poseen el tesón y la intrepidez necesarios para buscar la bondad hasta encontrarla. Sólo puedes tratar a un niño según hicieron contigo, con dureza, gritos y cólera, y este trato te parecía además muy adecuado, porque pretendías hacer de mí un muchacho vigoroso y valiente.

Hoy el tiempo me impide lógicamente describir de forma inmediata tus procedimientos educativos de los primeros años, pero puedo reconstruirlos aproximadamente con base en lo ocurrido en años posteriores y en tu forma de tratar a Felix.[7] Sobre esto hay que destacar, además, que entonces eras más joven y, por lo tanto, más vital, más rudo en definitiva, más auténtico y

---

6   Valeria, segunda hermana, nacida en 1890.

7   Sobrino de Kafka, hijo de Elli.

más despreocupado que ahora; para más abundar, absorbido como estabas por el negocio, como mucho podía verte una vez al día; de ahí que produjeras en mí una impresión tanto más intensa, que jamás llegó a debilitarse hasta convertirse en costumbre.

Concretamente recuerdo un incidente de los primeros años. Quizá también tú lo recuerdes. Una noche no cesaba de lloriquear pidiendo agua. Seguramente no lo hacía impulsado por la sed, sino quizás por incomodar y por distraerme. Como tus gritos de amenaza no producían efecto, me sacaste de la cama, me llevaste a la terraza[8] y allí me dejaste un rato solo, en camisón, ante la puerta cerrada. No sé si estuvo mal hecho. Es posible que fuese la única forma de restablecer la calma nocturna; mas lo que intento, al citar este hecho, es definir tu sistema educativo y su efecto en mí. Con seguridad a continuación me mostré obediente, pero anteriormente quedé herido. Por mi forma de ser, jamás pude relacionar la justa proporción entre los dos hechos: la falta de pedir agua sin más ni más, para mí natural, y el castigo excesivamente doloroso de que me sacasen fuera. Durante años seguía atormentándome aún la idea de que el hombre gigantesco, mi padre, la última instancia, podía venir a mí casi sin motivo y en la noche levantarme de la cama y sacarme a la terraza. Esto significaba que yo no era absolutamente nada para él.

Aquello fue sólo el síntoma de algo que se iniciaba, pero este sentimiento de nulidad que con frecuencia me domina (un sentimiento por lo demás noble y fecundo en otro aspecto) proviene muy a menudo de tu influencia. Me hubiera hecho falta un poco de estímulo, un poco de amistad, que me dejasen despejado el camino; sin embargo, tú me lo cerraste, probablemente con la buena intención de que siguiera otro. Pero yo no servía para ello. Me alentabas, por ejemplo, cuando saludaba o desfilaba correctamente, mas yo no me sentía hecho para ser soldado, o bien me animabas si comía con buen apetito o era capaz de beber abundante cerveza, o si era capaz de cantar canciones que no entendía o si imitaba sin sentido tus dichos favoritos, pero nada de todo esto formaba parte de mi futuro. Resulta revelador que todavía hoy me

---

8   En Praga consiste en un pasadizo abierto o cerrado con cristales, característico de las casas acomodadas. Da a un patio interior.

incites a hacer algo sólo cuando te afecta a ti mismo, cuando se trata de tu amor propio, que yo hiero (por ejemplo, con mis planes de matrimonio) o que es ofendido en mí (cuando, por ejemplo, Pepa[9] me insulta). Entonces se me alienta recordándome lo que valgo, se citan los buenos partidos a que podría aspirar y Pepa es condenado sin reservas. Pero, aparte de que a mi edad soy casi impermeable a todo aliento, ¡cómo me ayudaría aún ese aliento si únicamente se produjera cuando no se trata de mí en primer término!

Era entonces, y en muchos aspectos, cuando necesitaba de aliento. Sólo tu simple corpulencia me hacía sentirme ya oprimido. Recuerdo, por ejemplo, cuando con frecuencia nos desvestíamos juntos en la misma caseta de baños. Yo, delgado, débil, esmirriado; tú, fornido, alto, de anchas espaldas. Allí mismo sentía vergüenza de mí, no sólo delante de ti, sino ante todo el mundo, porque tú representabas para mí la medida de todas las cosas. Después dejábamos la caseta y pasábamos ante la gente, yo asido de tu mano, como un pequeño esqueleto, inseguro, descalzo por las planchas de madera, con temor al agua, incapaz de realizar los ejercicios de natación que tú me enseñabas con la mejor intención, pero provocándome de hecho la mayor de las vergüenzas. Entonces era cuando me sentía completamente desesperado, y en aquellos momentos me inundaban avasallándome todas mis malas experiencias en todos los terrenos. Sentía un gran alivio cuando a veces te desvestías primero y yo podía quedarme solo en la caseta y retrasar el momento vergonzoso de mostrarme en público, hasta que volvías a por mí y me sacabas de la caseta. Te agradecía que parecieses ignorar mi apuro y también me enorgullecía del cuerpo de mi padre. Por otro lado, aún hoy persiste entre nosotros esa misma diferencia.

En correspondencia con todo ello, estaba además tu superioridad espiritual. Con tu único esfuerzo habías conseguido elevarte tanto que tenías una confianza ilimitada en tu opinión. De niño esto no me deslumbraba tanto como después en mi adolescencia. Desde tu sillón dirigías el mundo. Sólo tu opinión era correcta; las otras eran disparatadas, extravagantes, absurdas. La confianza en ti mismo era tan enorme que no necesitabas

---

9   Un pariente de Kafka.

ser consecuente para seguir siempre poseyendo la razón. Podía suceder también que sobre determinado asunto no te hubieses formado una opinión, y entonces todas las opiniones posibles sobre ese asunto tenían que ser falsas sin excepción. Por ejemplo, podías despotricar contra los checos, después contra los alemanes, luego contra los judíos, y no sólo en ciertos aspectos concretos, sino en todos, y finalmente no quedaba nadie en pie, salvo tú mismo. Pude observar en ti lo que tienen de oscuro los tiranos, cuya razón basan en su persona, no en su pensamiento. Al menos, esto es lo que me parecía.

Y ante mí tenías, efectivamente, la razón con asombrosa frecuencia. Era obvio que la tenías en nuestras conversaciones, ya que apenas dialogábamos, pero también en la práctica. Resultaba fácil de comprender: en todo lo que yo pensaba estaba sometido a tu fuerte presión, incluso cuando mis pensamientos no coincidían con los tuyos, y especialmente entonces. Todas aquellas ideas, aparentemente independientes de ti, llegaban marcadas desde el comienzo por tu juicio desfavorable. Sostener esta situación hasta la concreción total y estable del pensamiento era casi imposible. No aludo a pensamientos elevados, sino de la más mínima tentativa infantil. Bastaba con estar satisfecho por cualquier cosa, sentirse colmado por ella, llegar a casa y exponerla para recibir como respuesta un suspiro irónico, un gesto escéptico con la cabeza, un golpear en la mesa con los dedos: «He visto cosas mejores», o «No me vengas con cuentos», o «¡A quién se le ocurre!», o «¿Qué ganarás con eso?», o «¡Vaya acontecimiento!». Lógicamente, no debía exigirte entusiasmo por cualquier pequeñez infantil, viviendo como vivías cargado de preocupaciones y ajetreo. Mas no era ésta la causa de tu actitud. Se trataba de que tu personalidad contradictoria te obliga a provocar siempre y profundamente estas decepciones a tu hijo; más todavía: esta contradicción se agudizaba incesantemente, de suerte que acababa imponiéndose como una costumbre, aunque alguna vez tu opinión coincidiera con la mía; al fin estas decepciones infantiles no eran decepciones de la vida común, ya que, por venir de tu persona (que dictaba la norma de todas las cosas), calaban en el fondo de mi espíritu. El valor, la firmeza, la confianza, la alegría por tal o cual cosa no podían durar hasta el fin, si te oponías o si simplemente se podía suponer tu oposición, y se podía suponer en casi todo lo que yo hiciese.

Esto se refería tanto a pensamientos como a personas. Bastaba con que yo demostrase algún interés por una persona —cosa que, por mi forma de ser, no ocurría con frecuencia— para que tú, con ninguna consideración a mi sentimiento ni respeto por mi opinión, te manifestaras inmediatamente con insultos, calumnias, humillaciones. Personas inocentes e ingenuas, como por ejemplo el actor Löwy,[10] fueron víctimas. Sin conocerlo, lo comparaste de un modo horrible, que ya he olvidado, con una sabandija. ¡Con cuánta frecuencia, para aludir a personas que apreciaba, mencionabas automáticamente el refrán de los perros y las pulgas![11] Recuerdo especialmente al actor, porque anoté tus juicios sobre él con la siguiente nota: «Así habla mi padre de mi amigo (a quien desconoce), por el solo hecho de ser mi amigo. Siempre se lo podré recriminar cuando me reproche falta de amor y de gratitud filiales». Nunca he podido entender tu absoluta insensibilidad ante el dolor y la vergüenza que podías causarme con tus palabras y tus juicios. Era como si no fueras consciente de tu poder. Es cierto que también yo te ofendí a menudo de palabra, pero siempre lo reconocía después. Me dolía, mas no era capaz de dominarme, no podía ahogar la palabra, aunque ya estaba arrepentido en el momento de pronunciarla. Pero tú lanzabas tus palabras sin rodeos. Nadie te conmovía, ni en el momento de pronunciarlas ni después. No era posible defenderse de ti.

Mas así era todo tu sistema. Creo que tienes condiciones de educador. A un personaje de tu sensibilidad habrías podido seguramente serle útil con tu educación. Habría entendido el sano criterio de lo que le dijeras, no preocupándose por nada más, y habría salido airoso tranquilamente en sus asuntos. Mas para mí, que era un niño, todo lo que decías en mi presencia era ley divina. No lo olvidaba jamás. Lo consideraba el elemento

---

10   Componente de una compañía de teatro de judíos polacos, que recorría la Europa central representando obras en *yiddish*. La relación con este actor y con la compañía en general fue de especial importancia en la vida de Kafka. Por medio de él conoció el judaísmo oriental, pietista y sionista.

11   Alude a un refrán que Kafka, en otro texto, cita así: «Quien con perros se acuesta, con pulgas se levanta».

más importante para juzgar el mundo, para juzgarte sobre todo a ti mismo, y en esto era total tu fracaso. Como por mi edad estaba contigo sobre todo a las horas de comer, tus lecciones eran en gran parte normas sobre la forma de comportarse en la mesa. Se debía comer todo lo que ponían, no se permitía hacer comentarios sobre la calidad de la comida, aunque tú, en ocasiones, decías que no había quien la tragase, calificándola de «bazofia». Decías que la «bestia» (la cocinera) la había echado a perder. Como por tu excelente apetito y por tu propio gusto comías todo deprisa, caliente y a grandes bocados, el niño tenía que apresurarse. Así imperaba en la mesa un silencio sombrío, interrumpido por advertencias: «Primero come, luego habla», o bien: «Más rápido, más rápido, más rápido», o bien: «¿Lo ves? Yo ya he terminado hace rato». No se nos permitía partir los huesos con los dientes. Tú lo hacías. Ni sorber el vinagre. Tú sí. Era importante cortar el pan en rebanadas regulares, mas no se le daba importancia si tú lo hacías con un cuchillo que chorreaba salsa. Debía cuidarse de que no cayesen al suelo restos de comida, pero debajo de ti era donde más había. La mesa sólo para comer y comportarse correctamente. Tú te limpiabas o te cortabas las uñas, sacabas punta a los lápices y te hurgabas las orejas con mondadientes. Compréndeme, padre, te lo ruego. En el fondo eran detalles insignificantes, pero a mí me resultaban demoledores, por la sola razón de que tú mismo, el hombre tan tremendamente decisivo para mí, no observases las normas que me imponías. Así el mundo resultaba dividido para mí en tres partes. En la primera habitaba yo, el esclavo, bajo unas leyes creadas exclusivamente para mí y a las que, por añadidura, sin saber por qué, nunca alcanzaba a obedecer del todo; luego, en un segundo mundo, alejado infinitamente del mío, vivías tú, ocupado en gobernar, en dar órdenes y enfureciéndote cuando no se cumplían; y por último existía un tercer mundo donde habitaba el resto de la gente, dichosos y libres de órdenes y de obediencia. Vivía continuamente avergonzado; o cumplía tus órdenes, lo cual era inicuo, puesto que sólo actuaban sobre mí, o me rebelaba y desobedecía, lo que también era una vergüenza, porque ¿cómo osaba resistirme a ti?, o no era capaz de obedecer, por carecer, por ejemplo, de tu energía, de tu apetito o de tu habilidad, aunque tú me lo exigías como algo perfectamente lógico. Ésta era sin duda la mayor humillación de todas. Así se manifestaban no las reflexiones, sino también los sentimientos del niño.

Será más clara de entender mi situación de entonces si la comparo con la de Felix. También a él le tratas igual, e incluso le aplicas un sistema educativo especialmente temible, puesto que cuando en las comidas hace algo que crees incorrecto no te basta con decirle como a mí: «Eres un cerdo», sino que añades: «un verdadero Hermann» o «igual que tu padre». Tal vez (no me atrevo a afirmarlo) este trato no ofenda hondamente a Felix, ya que para él no eres más que un abuelo, aunque de importancia, si bien ésta no es ni mucho menos la que tenías para mí; además Felix tiene un carácter tranquilo, que ya comienza a manifestarse bastante viril. Puede que lo aturdas con tu voz de trueno, pero a la larga no se dejará dominar; y sobre todo son bastante escasas las veces que está contigo. Actúan sobre él también otras influencias. Tú le resultas un tipo curioso, del que puede tomar o dejar lo que quiera.

Para mí no tenías nada de curioso, y además no me era posible elegir. Tenía que quedarme con todo. Y sin posibilidad de objetar nada, porque te es imposible por naturaleza hablar tranquilo de un asunto con el que no estás de acuerdo, que simplemente no sale de ti. Te lo impide tu carácter despótico. Hace ya varios años que lo justificas con tu nerviosismo cardiaco, pero yo no recuerdo que nunca hayas sido diferente; en definitiva, el nerviosismo cardiaco es un recurso para la dura práctica de tu dominación, porque la influencia de esa dolencia acallará siempre la última réplica de tu interlocutor. Por supuesto, esto no debes considerarlo un reproche, sino la verificación de un hecho. Cuando te refieres, por ejemplo, a Ottla, sueles decir: «No es posible hablar con ella. En seguida se te sube a las barbas», pero en verdad no es ella la primera en saltar. Confundes la cosa con la persona. Es la cosa la que se te sube a las barbas y, sin escuchar a la persona, decides inmediatamente. Lo que pueda alegarse después sólo consigue irritarte; jamás convencerte. Entonces tu única reacción es: «Haz como te parezca. No dependes de mí. Eres mayor de edad. No tengo por qué darte consejo», y lo dices con una entonación de ira y una reprobación ronca y terrible, un tono que hoy no me asusta como cuando era niño, por el simple hecho de que el sentimiento exclusivo de culpabilidad del niño ha sido sustituido en parte ya por la noción de nuestro común desamparo.

El no ser posible una relación serena trajo otra consecuencia, desde luego muy natural: perdí la facultad de hablar. Quizá de cualquier modo no hubiese llegado a ser un gran orador, pero probablemente habría dominado el lenguaje fluido, habitual entre la gente. Sin embargo, ya muy pronto me prohibiste hablar. Tu amenaza «No te atrevas a replicarme» y tu mano en alto al proferirla son dos acciones que me acompañan desde siempre. Ante ti —eres un magnífico orador cuando se trata de lo tuyo— adopté un modo de hablar entrecortado, balbuciente, pero incluso eso lo seguías considerando excesivo y optaba por callarme, al principio quizá por obstinación y después porque quedaba incapaz de hablar ante ti. Al ser tú mi educador, todo ello repercutió de una forma total en mi vida. Estás en un tremendo error si crees que nunca me he sometido a ti. «Llevar siempre la contraria» no ha sido en verdad mi norma de conducta contigo, como crees y me reprochas. Si te hubiese obedecido menos, seguro que estarías mucho más satisfecho conmigo. La verdad es que todas tus normas educativas tuvieron impacto en mí y no eludí ninguno de tus golpes. En mi actual forma de ser, soy (excluyendo lógicamente los principios e influencias de la vida) la consecuencia de tu educación y de mi docilidad. Si este resultado te parece, a pesar de todo, lamentable, si incluso te resistes inconscientemente a reconocerlo como consecuencia de tu educación, se debe justamente a que tu mano y mi materia han sido siempre muy extraños entre sí. Decías: «¡No intentes replicarme!», y así pretendías silenciar las fuerzas opositoras que te desagradaban; pero este influjo era para mí excesivamente duro; yo era excesivamente dócil, enmudecía totalmente, huía de tu presencia y sólo me atrevía a moverme cuando estaba tan distanciado que ya no me alcanzaba tu efecto, al menos de un modo directo. Mas ahí estabas tú, frente a mí, y de nuevo te parecía que estaba «en contra», cuando no era más que la lógica consecuencia de tu energía y de mi debilidad.

Los recursos de tu sistema educativo, excepcionalmente efectivos y que al menos conmigo no te fallaban jamás, eran: reprimenda, amenaza, ironía, risa malévola y —cosa extraña— recriminaciones a ti mismo.

No recuerdo si me atacabas directamente con insultos explícitos. Pero no era necesario. Contabas con otros medios. Charlando en casa, y especialmente en la tienda, las invectivas caían sobre los demás en tal profusión que muy a menudo casi ensordecían mis oídos infantiles y todo conducía a relacionarlas conmigo, porque las personas a quienes regañabas no eran, por cierto, peores que yo, ni tú estabas ciertamente más descontento de ellas que de mí. Y de nuevo en esto se manifestaba tu enigmática inocencia y tu intangibilidad. Te desatabas en improperios, sin mostrar la menor inhibición, tú, que condenabas y prohibías los improperios en los demás.

A los improperios unías las amenazas, y entonces también te dirigías a mí. Me aterrorizabas, por ejemplo, con tu frase: «Te voy a hacer picadillo», aunque era consciente de que no pasabas de las palabras (la verdad es que de niño dudaba de si algo peor las seguiría); no obstante, encajaba perfectamente en mi idea de tu poder el hecho de que fueses capaz de cumplirlo. También me horrorizaba cuando corrías vociferando, alrededor de la mesa, persiguiendo a uno de nosotros, aunque en realidad no te propusieras atraparlo; pero lo simulabas, y parecía como si la madre, al final, lo salvase. Y nos parecía que, una vez más, habíamos conservado la vida gracias a tu misericordia y que seguíamos viviendo gracias a un inmerecido regalo tuyo. Lo mismo habría que decir de tus augurios sobre una desobediencia. Cuando yo emprendía algo que no era de tu agrado y amenazabas con el fracaso, el condicionamiento por tu opinión era tan grande que el fracaso era inevitable, aunque tal vez se produjese mucho más tarde. Así que perdía la confianza en mis propios actos. Me transformé en inconstante, indeciso. A medida que crecía, mayores eran los elementos que podías ofrecer como prueba de mi incapacidad; gradualmente fuiste teniendo la razón en más de un aspecto. Insisto en no afirmar que sólo por tu causa he llegado a ser como soy. Te limitaste a acentuar lo que ya existía, pero lo acentuaste en exceso porque, comparado conmigo, eras muy poderoso y aplicabas a ello toda tu fuerza.

Tenías una confianza especial en la educación por medio de la ironía, que era así mismo la que mejor correspondía a tu superioridad sobre mí. Tus advertencias solían tomar la siguiente forma: «¿No puedes hacerlo así o así?», «¿Sería pedirte mucho?», «Te falta tiempo, ¿verdad?» y otras por el estilo, acompañadas cada una de estas preguntas de una sonrisa y una expresión maliciosas. En cierta manera, el castigo caía sobre uno antes de saber que había fallado. También eran irritantes las amonestaciones en las que se aludía al culpable en tercera persona, o sea que ni siquiera se le consideraba digno de la interpelación irónica. Amonestabas dirigiéndote formalmente a mi madre, pero por derivación a mí, que estaba allí sentado; por ejemplo: «Naturalmente, es algo que no se le puede exigir a nuestro hijo», y cosas así, lo cual traía como consecuencia que yo, por ejemplo, no osase, y luego ya por hábito ni siquiera pensase, preguntarte nada directamente si estaba mi madre. Para el niño era menos arriesgado informarse sobre ti preguntando a su madre, que estaba sentada a tu lado. Entonces le preguntaba a ella: «¿Cómo está mi padre?», y se evitaban así las sorpresas. Lógicamente, en ciertas ocasiones, uno estaba muy conforme con las más despiadadas ironías; como cuando aludían a otros, sobre todo a Elli,[12] con quien estuve enfadado durante años. Para mí resultaba un placer maligno y vengativo oírte decir de ella en casi todas las comidas: «Esta chica tiene que sentarse a diez metros de la mesa», y luego en tu asiento, maliciosamente, sin rastro de jovialidad o humor, sino con la mayor acritud, intentabas imitarla, exagerando la gran repugnancia que te producía su modo de sentarse. ¡Cuántas veces repetiste ésta y otras actitudes semejantes y qué poco conseguiste realmente con ellas! Creo que se debía a que la dosis de ira y enfado no guardaba proporción con el asunto que la provocaba. Se perdía la sensación de que esa ira y enfado fuesen provocados por un hecho tan nimio como el sentarse más alejado de la mesa, existiendo de antemano en toda su intensidad, y sólo casualmente servía el asunto como pretexto para desencadenarse. Y como estábamos plenamente seguros de que siempre habría un pretexto, ya nos despreocupábamos de nuestra conducta, y

---

12   Gabrielle, la hermana mayor, nacida en 1889.

uno quedaba insensibilizado por las continuas amenazas. Además, estábamos convencidos de que no sufriríamos golpes. Así uno se convierte en un niño hosco, distraído, desobediente, en continua búsqueda de un refugio donde cobijarse, generalmente un refugio interior. De esta forma, tanto sufrías tú como nosotros. Desde tu punto de vista, tenías toda la razón cuando, con los dientes apretados y la risa gutural que por primera vez había dado al niño una idea del infierno, decías en tono agrio (como no hace mucho, a causa de una carta de Constantinopla): «¡Qué gentuza ésta!». En total desacuerdo con esa posición ante tus hijos resultaba el hecho de que públicamente te lamentases, como ocurría muy frecuentemente. Reconozco que de niño (después sí) esos lamentos no me producían sensación alguna y no entendía cómo pretendías que te compadecieran. ¡Eras tan gigantesco en todos los aspectos! ¡Nada podían importarte nuestra compasión o nuestra simple ayuda! Realmente tenías que desdeñarlas, como con tanta frecuencia nos desdeñabas a nosotros. Por ello, yo no creía en tus lamentaciones, tras las cuales buscaba alguna intención oculta. Fue más tarde cuando comprendí que, en realidad, sufrías mucho por tus hijos. Entonces, cuando tus quejas debían haber conmovido a un corazón infantil, sin prejuicios, abierto a cualquier ayuda, en estas circunstancias me parecían tan sólo unos recursos educativos y de mortificación en exceso evidentes, recursos no muy duros, pero con un malsano efecto secundario: el de que el niño se habituó a no dar importancia a unas cosas que debía haber tomado en serio.

Por fortuna había excepciones, sobre todo cuando sufrías en silencio y el cariño y la bondad, con su fuerza, superaban cualquier oposición y la conmovían de forma inmediata. Aunque esto sucedía escasas veces, era maravilloso. Una era cuando en verano te veía en el despacho al terminar de comer, cansado, un poco soñoliento, apoyado con los codos en la alta mesa; o cuando venías los domingos, con aspecto agotado, a vernos a nuestra casa de veraneo; o cuando al enfermar gravemente nuestra madre te apoyabas en la librería temblando, con el llanto contenido, o cuando durante mi última enfermedad venías a verme a la habitación de Ottla silenciosamente y desde el umbral estirabas el cuello para verme en la cama, limitándote a saludarme con la mano, afable y lleno de consideración. En esas ocasiones me echaba a llorar de felicidad, y aún hoy lloro al escribirlo.

Tienes además una manera especialmente hermosa, no frecuente, de sonreír con calma, satisfacción y afabilidad, una sonrisa capaz de hacer completamente feliz a la persona a quien va dirigida. Me es difícil recordar si en mi infancia me la regalaste alguna vez de manera franca. Es muy probable que lo hicieses. ¿Por qué me habías de pegar cuando yo te parecía aún inocente y era todavía tu gran esperanza? Por otra parte, aquellas impresiones gratas sólo han conseguido, a la larga, aumentar mi conciencia de culpa y hacer que el mundo me sea más incomprensible todavía.

Decidí basarme en lo real y duradero. Así era posible afirmarme al menos algo frente a ti y además, en parte por una especie de venganza, pronto empecé a observar, a registrar, a exagerar pequeños detalles ridículos que notaba en ti. Por ejemplo, cómo te dejaste deslumbrar fácilmente por personajes sólo en apariencia importantes y de quienes hablabas impresionado sin cansarte, como en el caso de algún consejero imperial o cosa parecida (por otro lado, también me hería el hecho de que tú, mi padre, creyeses necesitar aquellas fútiles confirmaciones de tu valía y te vanagloriases de ellas). O bien reparaba en tu predilección por las palabrotas, dichas lo más alto posible, que te hacían reír como si hubieses dicho algo agudo, cuando en verdad sólo se trataba de alguna indecencia insignificante y pueril. Sin duda constituían, al mismo tiempo, una nueva manifestación de tu energía vital que me avergonzaba. Lógicamente, estas distintas observaciones se producían en abundancia. Me hacían feliz, me brindaban ocasión para secretos y burlas. En ocasiones lo advertías, te enfadabas considerándolo una maldad, una falta de respeto, pero, créeme, sólo era para mí un medio insuficiente de autoconservación. Eran como los chistes que se difunden sobre dioses y reyes, chistes que no sólo están ligados a un profundo respeto, sino que incluso le son inherentes.

Además, y conforme con la situación semejante en que te encuentras respecto a mí, también tú has intentado una réplica a mi ataque. Acostumbrabas a insinuar que las cosas me iban muy bien y que en igual forma he sido tratado siempre. Es cierto, pero no pienso que, en las circunstancias imperantes, esto me sirviera de algo.

Reconozco que mi madre me brindó una bondad sin límites, mas todo ello estaba, a mi juicio, relacionado contigo, y no era por tanto la mejor relación. Inconscientemente, ella desempeñaba la función de montero en la cacería. En la situación poco probable de que tu educación hubiese logrado separarnos, incitándome a la obstinación, a la aversión o incluso al odio, mi madre (prototipo de la sensatez) retornaba las aguas a su cauce con su bondad, con palabras sensatas, con ruegos, y de nuevo me encontraba inmerso en tu órbita, de la que, en otro caso, era probable que me hubiera separado, en beneficio de ambos. Si, en cambio, sucedía que no llegábamos a una conciliación efectiva, mi madre entonces se limitaba a protegerme de ti en secreto; a escondidas me daba algo, me permitía algo. Entonces yo de nuevo era para ti el ser afectado de fotofobia, falso consciente de su culpabilidad que, a causa de su nulidad, sólo podía alcanzar por vericuetos hasta las cosas a las que creía tener derecho. Naturalmente, acostumbrado a las sendas tortuosas, las usé también para buscar aquellas cosas a las que ni siquiera en mi opinión tenía derecho alguno. Con ello acrecentaba otra vez mi sensación de culpabilidad.

También es verdad que casi nunca me has pegado en serio, pero las voces, la ira enrojeciéndote el rostro, la premura en desabrocharte el cinturón y dejarlo preparado en el respaldo de la silla eran actitudes que me afectaban casi más que el castigo físico. Es como cuando tienen que ahorcar a alguien. Si efectivamente lo ahorcan, se muere y todo ha terminado para él, mas si tiene que ser testigo de todos los preparativos para su ejecución y no sabe de su indulto hasta que ya tiene la soga colgando ante sí, puede quedar afectado por ello durante el resto de su vida. Y aún más, de las muchas veces que, en tu opinión, merecía una paliza y me salvaba de ella por los pelos, gracias a tu clemencia, resultaba un nuevo aumento de mi sensación de culpabilidad. De cualquier punto que se partiese, siempre desembocaba en tu idea de culpa.

Continuamente me reprochabas (en privado o en presencia de ajenos, ya que no tenías noción de lo humillante que resultaba ante extraños; los asuntos de tus hijos siempre eran públicos) que, merced a tu esfuerzo, vivía sin privaciones en un ambiente de paz, calor y abundancia. Recuerdo determinadas frases que han marcado profundos surcos en mi cerebro, como por ejemplo: «A los siete años, ya tenía que andar con el carretón por los pueblos», «Dormíamos todos amontonados en una habitación», «Nos dábamos por satisfechos cuando teníamos patatas», «Durante años, por la escasa ropa de invierno, tuve llagas en las piernas», «Aún era niño cuando tenía que ir a Pisek a trabajar en la tienda», «En casa no me daban absolutamente nada, ni siquiera durante el servicio militar; por el contrario, era yo quien enviaba dinero a mi familia», «Y, sin embargo, sin embargo..., el padre era siempre el padre. ¡Quién piensa así hoy en día! ¡Qué saben los hijos! ¡Nadie lo ha sufrido! ¿Entiende esto un joven de hoy?». Habría sido necesario marcharse de casa (suponiendo que se hubiera poseído la capacidad de decisión y la energía necesarias y que la madre, por su parte, no hubiese conspirado contra ello por otros medios). Pero esto era lo que deseabas, lo calificabas de ingratitud, de extravagancia, de desobediencia, de traición, de locura. O sea que, mientras por un lado nos inducías a ello con el ejemplo, la explicación y la humillación, por el otro lo prohibías con todo rigor. De no ser así, habría tenido que llenarte de satisfacción la aventura de Ottla en Zürau,[13] aparte de ciertos detalles. Ella pretendió volver al campo, de donde tú saliste, quería trabajos y privaciones como los que tú pasaste, y, de la misma forma que tú te independizaste de tu padre, no quería gozar de los frutos de tu trabajo. ¿Eran unos proyectos tan horrorosos, tan distantes de tu ejemplo y de tu doctrina? Conforme, los planes de Ottla acabaron fracasando en sus resultados. Fueron quizá algo ridículos, realizados con excesivo énfasis, sin el debido respeto a los padres. Mas ¿fue sólo culpa suya? ¿No influyeron también las circunstancias y sobre todo el hecho de que tú te mostrases tan ajeno? ¿Acaso ella era para ti, como pretendiste después (con el deseo de convencerte a ti mismo), menos extraña cuando estaba en tu negocio que después en Zürau? ¿Y no es verdad que habría estado en tus manos (suponiendo que

---

13 La hermana de Kafka emprendió por su cuenta la administración y regencia de una finca en los alrededores de Zürau, villa de Bohemia. Kafka pasó largas temporadas allí en 1917 y 1918 cuando esta hermana, tras las desavenencias de la infancia, había pasado a ser su predilecta.

te lo hubieses propuesto) convertir aquella aventura en algo magnífico brindando estímulo, consejo, vigilancia o quizá simplemente paciencia?

Nada más terminar estos episodios, solías decir, mofándote amargamente, que las cosas no iban demasiado bien. Pero esta mofa no es tal en cierto sentido. Lo que conquistaste con la lucha lo recibíamos nosotros graciosamente de tus manos, mas la lucha por la vida, a la que te viste abocado muy pronto y la que, en definitiva, tampoco nosotros podemos eludir, debemos emprenderla cuando es ya muy tarde, en edad adulta, pero con la inexperiencia de un niño. No es que pretenda que nuestra situación es más desfavorable que la tuya por ello. Quizá resulte equivalente (aunque creo que no son comparables las situaciones de base). Nosotros tenemos como única desventaja que no podemos ufanarnos de nuestro origen miserable ni mortificar a nadie con él como tú has hecho con el tuyo. Tampoco puedo negar que me habría sido posible gozar, revalorizar de manera correcta los frutos de tu enorme y productivo trabajo, y seguir incrementando tu productividad para satisfacerte, pero a ello se oponía nuestro distanciamiento. Disfrutaba de lo que me dabas, pero con vergüenza, cansancio, debilidad, sentimiento de culpa. Por eso sólo podía mostrarte un agradecimiento de mendigo.

La consecuencia inmediata o más evidente de esta educación fue que yo huía de todo lo que me recordaba tu presencia, aun a distancia. Primero fue el negocio. Por lógica, tendría que haberme gustado, sobre todo en mi infancia, cuando era sólo una tienda en un callejón. Estaba tan llena de vida, tan iluminada por las noches. Se podía ver y oír mucho allí. Era posible echar una mano de vez en cuando, llamar la atención y sobre todo admirarte por tus excepcionales dotes de comerciante. Cómo vendías, tratabas a la gente, bromeabas, te mostrabas incansable, tomabas rápido una decisión en caso de duda, etc.; además, valía la pena verte hacer un paquete o abrir una caja, y todo el conjunto constituía, no hay duda, una buena escuela para un niño. Pero, como paso a paso me fuiste aterrorizando en todos los sentidos y la tienda y tú formabais para mí un todo, necesitaba huir de ella. Hechos que al principio consideraba que eran naturales allí luego me atormentaban, me avergonzaban, especialmente tu manera de tratar a los empleados. No sé... Puede que haya sido siempre igual en todas las empresas; en las

Assicurazioni Generali,[14] por ejemplo, fue igual durante el tiempo que permanecí allí. Al despedirme del director, aduje —sin que fuese totalmente cierto, aunque tampoco del todo falso— que me eran insoportables las continuas broncas, aunque, por otra parte, nunca me afectaban directamente. Esta dolorosa sensibilidad respecto a ellas me provenía de casa; mas en mi infancia me importaba poco lo que ocurría en otros negocios. Pero a ti en la tienda te oía y te veía gritar, insultar y enfurecerte hasta límites que, según me parecía entonces, no tenían semejanza en todo el mundo. Y no te limitabas a los insultos. También usabas otras formas de tiranizar a la gente; por ejemplo, tirabas al suelo de un manotazo unos géneros que te enfurecía haber confundido con otros, y el dependiente tenía que ordenarlos. O tu forma de decir, respecto de un dependiente enfermo de los pulmones, repitiendo la frase: «¡A ver si revienta de una vez ese perro enfermo!». Calificabas a los dependientes de «enemigos pagados», y en realidad lo eran, pero antes de que lo fueran tú me parecías ya su «enemigo que paga». Allí también recibí la gran enseñanza de que podía ser injusto: por mí mismo, no habría tenido conciencia de ello tan pronto, porque el sentimiento de culpa acumulado en mí era tanto que te creía con la razón, más allí —según mi opinión infantil, que después he rectificado un poco, aunque no demasiado— había personas de fuera que, a pesar de todo, trabajaban para nosotros y que, para conservar su trabajo, soportaban vivir atemorizadas por ti. Es natural que yo exagerara, y ello porque aceptaba sin reservas que tú infundías en los demás el mismo terror que en mí. La realidad es que, de haber sido así, no habrían podido vivir, pero, como se trataba de personas adultas, con unos nervios a toda prueba, les resbalaban los insultos, sacudiéndoselos a la larga. Te dañaban más a ti que a ellos. Sin embargo, este ambiente me hacía la tienda insoportable, me recordaba demasiado mi relación contigo. Al margen de tus intereses de empresario y de tu ambición, como simple comerciante estabas tan por encima de todos los que hacían contigo su aprendizaje que no podía conformarte con ninguna de sus tareas, y también conmigo tenías que mostrarte eternamente insatisfecho. Resultaba inevitable que yo

---

14 Compañía donde tuvo el primer empleo Kafka después de acabar la carrera. Al año escaso se cambió a Seguros de Accidentes de Trabajo, donde permaneció hasta su jubilación, en 1922, por motivos de salud.

perteneciera al bando del personal, por el simple hecho de que mi timidez me impedía comprender cómo se podía insultar de esa manera a un extraño. A causa de esa misma timidez, quería reconciliar de alguna forma al personal —al que yo consideraba peligrosamente soliviantado— contigo, con nuestra familia, aunque únicamente fuese en defensa de mi propia seguridad. Para ello ya no era suficiente una conducta normal, correcta, ni siquiera discreta, con los empleados. Tenía que mostrarme humilde; no sólo saludar yo primero, sino hacerles sentir en lo posible que no pretendía que me devolvieran el saludo. Y, a pesar de todo, aunque yo por mi insignificancia les hubiese besado los pies, me habría sido imposible neutralizar la furia con que tú, su dueño y señor, los pisoteabas. Esas relaciones que entablé con unos semejantes fueron más allá del negocio y repercutieron en el futuro (parecida, aunque no tan peligrosa ni intensa como en mi caso, es la afición de Ottla a tratar con gente modesta, su contacto, que tanto te indigna, con criadas y personas de esta condición). Al final casi me producía miedo la tienda, y hacía ya mucho tiempo que no la consideraba asunto mío, desde antes de comenzar el bachillerato y de distanciarme aún más de ella. Por otra parte, me parecía un trabajo superior a mis fuerzas, ya que, según decías, agotaba incluso las tuyas. Entonces procuraste aún (lo que ahora me conmueve y me avergüenza) obtener de mi repugnancia por el negocio, por tu obra, de esa repugnancia que tanto te dolía, algo de consuelo para ti, afirmando que me faltaba sentido comercial, que me absorbían inquietudes más elevadas y cosas por el estilo.

A mi madre, como es natural, le resultaba grata esta explicación que te sentías obligado a dar, y yo mismo, en mi vanidad y mi angustia, me dejaba influir por ella. Pero si hubieran sido única o principalmente esas «inquietudes elevadas» las que me alejaron del negocio (que ahora, y sólo ahora, odio sincera y realmente), se habrían manifestado de otro modo, en vez de hacerme discurrir, temeroso y paciente, a lo largo de los estudios del bachillerato y de Derecho, hasta detenerme definitivamente en mi mesa de empleado.

Si pretendía huir de ti, debía hacerlo también de la familia, incluida mi madre. Siempre podíamos hallar refugio en ella, pero sólo en función de ti.

Te quería demasiado y estaba entregada a ti con demasiada fidelidad para poder significar en la lucha del hijo un poder espiritual de absoluta independencia. Por cierto, resultó éste un instinto certero del niño, ya que con el tiempo mi madre se fue vinculando a ti más estrechamente, mientras que en lo concerniente a sus cosas personales conservaba de una manera dulce y bella su independencia, sin ofenderte nunca en lo esencial, y dentro de unos límites mínimos. No obstante, con los años fue aceptando total y ciegamente, más con el corazón que por razonamiento, tus juicios y prejuicio respecto a los hijos, principalmente en el caso de Ottla, que no dejaba de ser difícil. En verdad, hay que reconocer lo incómoda, lo extenuante que resultaba la posición de la madre en la familia. Se desvivía por el negocio, por llevar la casa, vivía doblemente todas las enfermedades de la familia, pero la culminación de todo ello fue lo mucho que tuvo que soportar en su posición de intermediaria entre sus hijos y tú. Aunque siempre fuiste amable y considerado con ella, en este aspecto tu respeto fue tan escaso como el nuestro. Sin la más mínima consideración descargábamos sobre ella nuestros golpes, tú desde tu posición y nosotros desde la nuestra. Era una desviación. No pretendíamos hacerle daño. Nos absorbía sólo la lucha entablada entre tú y nosotros, y nuestra contra ti, y para desahogarnos buscábamos a la madre. Tampoco resultaba positivo para la educación de los hijos tu modo de martirizarla por nuestra causa (naturalmente sin la menor culpa por tu parte). Incluso servía para justificar en apariencia nuestra conducta hacia ella, por otra parte injustificable. ¡Cuánto la hicimos sufrir por tu causa y cuánto la hiciste sufrir tú por la nuestra, sin considerar aquellos casos en los que tenías razón, porque ella nos consentía, aunque quizá ese mismo «consentir» podía entenderse muchas veces como una resistencia silenciosa, inconsciente, contra tu sistema! Naturalmente, mi madre pudo soportarlo todo gracias a la fuerza que extrajo para ello del amor que a todos nos profesaba y de la felicidad que este amor le proporcionaba.

Mis hermanas me apoyaban sólo en parte. La más satisfecha de su posición respecto a ti era Valli. Por ser la más allegada a la madre, se sometía a ti como ella, sin gran sacrificio ni daño. Y tú también la aceptabas con mayor cariño, precisamente por recordarte a la madre, aunque poca fibra kafkiana había en ella. Pero probablemente era esto lo que te agradaba. Donde no había nada kafkiano resultaba inútil exigir que lo hubiese; además no tenías la sensación, como con el resto de los hijos, de que en ella se perdía algo que era necesario salvar a cualquier precio. Por otra parte, es probable que haya sido de tu gusto lo kafkiano cuando se evidencia en las mujeres. Incluso es probable que tu relación con Valli hubiese resultado aún más afectuosa sin nuestra influencia un poco perturbadora.

Elli fue la única que logró evadirse casi totalmente de tu círculo. Sin embargo, considerándola de niña, era de quien menos me habría imaginado que lo consiguiera. Era sin duda una criatura torpe, holgazana, golosa, avara, medrosa, desganada, pusilánime, rastrera, maliciosa. Tenía que hacer esfuerzos para mirarla, y me era imposible hablar con ella, por mucho que me recordaba a mí mismo, por lo mucho que notaba su sometimiento al mismo yugo de una educación. Su tacañería me provocaba una repugnancia especial, por ser yo, si cabía, aún más tacaño. La avaricia es con seguridad uno de los signos más evidentes de una profunda desdicha. Yo me sentía tan inseguro frente a todo que en realidad no me sentía dueño más que de aquello que ya tenía en las manos o en la boca, o de lo que estaba en situación inmediata de llegar a conseguir, y esto era precisamente lo que a Elli más le atraía quitarme. Sin embargo, todo cambió cuando al transformarse en mujer (esto es lo más importante) se marchó de casa, se casó, tuvo dos hijos, se convirtió en una persona alegre, despreocupada, valiente, generosa, desinteresada, llena de esperanzas. Es difícil creer que tú no advirtieras realmente este cambio, y más concretamente que no lo hayas valorado en su importancia. ¡Tan ofuscado estás por el rencor que siempre te inspiró Elli y que en el fondo permanece inalterable! Sólo que este rencor resulta ahora menos actual, porque Elli no vive ya con nosotros, y además le ha restado importancia tu amor por Felix y su simpatía por Karl. Únicamente a Gerti[15] le toca aún expiarlo en ciertas ocasiones.

---

15 Felix y Gerti eran los hijos del matrimonio de Elly y Karl Hermann.

Respecto a Ottla, debo armarme de valor para escribir algo. Con mi atrevimiento pongo en juego toda la eficacia que espero de esta carta. Normalmente, es decir, cuando no se encuentra en un apuro o peligro graves, sólo sientes por ella odio. Opinas, según tú mismo me has confesado, que siempre te causa disgustos y preocupaciones deliberadamente, y que cuando consigue hacerte sufrir ella está satisfecha y se alegra. O sea, se te aparece como un demonio. Qué enorme distanciamiento, superior al que hay entre tú y yo, debe haber ocurrido entre vosotros para que se haya producido tan monstruosa incomprensión. Se halla tan distante de ti que casi no la ves. Colocas un fantasma en el sitio donde supones que está. Reconozco que has tenido con ella dificultades especiales. No pretendo profundizar en lo complejo del caso, pero creo ver en ella a una especie de Löwy pertrechada con las mejores armas de los Kafka. Conmigo no has tenido propiamente una lucha. Yo fui pronto vencido. El resto fue huida, amargura, lucha interior. En cambio, vosotros dos estabais siempre en pie de guerra, siempre a punto, siempre con todas vuestras fuerzas. ¡Qué grandiosa y a la vez desoladora imagen! Es probable que al principio estuvieseis muy próximos el uno al otro, porque de los cuatro hermanos Ottla es quizá aún hoy la más perfecta síntesis del matrimonio entre tú y mi madre y de las fuerzas que en él concurrieron. Ignoro lo que pudo destruir la felicidad de la armonía entre padre e hija. Sospecho que fue un proceso similar al mío. Tú aportaste la tiranía de tu personalidad y ella, la obstinación, la susceptibilidad, el sentido de la justicia, la inquietud de los Löwy, todo ello sostenido por la conciencia de la fuerza kafkiana. Es posible que yo también influyera en ella, aunque no tanto por la intención de hacerlo como por el simple hecho de mi existencia. Por otro lado, ella llegó la última a unas relaciones de poder ya establecidas, y la cantidad de opciones a su disposición le permitió formarse su propio juicio. Debo suponer incluso que su personalidad dudó algún tiempo entre lanzarse a tus brazos o a los del enemigo; por lo visto, debiste cometer entonces algún fallo y la rechazaste. Sin embargo, de haber sido posible, habríais podido constituir una pareja muy bien avenida. Es cierto que entonces yo habría perdido un aliado, pero la imagen de vosotros dos unidos me habría compensado con creces; y tú, con la enorme felicidad de haber encontrado plena satisfacción al menos en uno de nosotros, habrías cambiado mucho en mi favor. Pero hoy, en definitiva, todo esto es sólo un sueño.

Ottla, sin el menor contacto con su padre, debe como yo buscar sola su camino, y el mayor grado de decisión, de confianza en sí misma, de salud, de despreocupación que tiene en comparación conmigo hace que la veas más perversa y traidora que yo. Lo comprendo. Desde tu punto de vista, ella no puede ser diferente. Y ella misma está en condiciones de verse con tus ojos, de sentir tu dolor y, aunque si no de desesperarse (la desesperación es cosa mía), sí de sentir pena por ese dolor tuyo. Contradiciendo en apariencia todo esto, nos ves juntos con frecuencia. Cuchicheamos, nos reímos y de vez en cuando nos oyes pronunciar tu nombre. Aparecemos ante tus ojos como conspiradores insolentes. ¡Valientes conspiradores! Lo cierto es que, desde que recuerdo, has sido uno de los principales temas de nuestras conversaciones, como también de nuestros pensamientos; pero la realidad es que no nos sentamos juntos para maquinar nada contra ti, sino para discutir juntos, con todo empeño, con bromas o seriamente, con amor, con obstinación, con ira, con repulsión, con resignación, con sentimiento de culpa, con todas las fuerzas del cerebro y del corazón, este tremendo proceso que se ahonda entre tú y nosotros, analizándolo en todos sus detalles, desde todos los ángulos, con todos los pretextos, de cerca y de lejos, este proceso en el que permanentemente te sitúas como juez, cuando sólo eres, al menos en su aspecto principal (dejo una salida abierta a los errores que pueden salirme al paso), una parte tan débil y ofuscada como nosotros.

Relacionada con el conjunto, Irma[16] constituyó un ejemplo demostrativo de tu eficacia pedagógica. Por una parte, se trataba en cierta forma de una extraña. Entró ya mayor a tu tienda. Debía tratarte primero como jefe y estar por lo tanto sometida a tu influencia parcialmente en una edad en que podía neutralizar en parte esa influencia. Además era de nuestra sangre, y tu poder sobre ella era mucho mayor que el de un simple jefe. No obstante, a pesar de su fragilidad, de que fuese tan capaz, inteligente, activa,

---

16   ¿Prima de Kafka?

sencilla, merecedora de confianza, desprendida y leal, de que te quisiese como tío, de que te reverenciase como jefe, de que afirmase su capacidad antes y después en distintos trabajos, nunca la consideraste una empleada competente. Ante ti (incitada además probablemente por nuestro ejemplo) se manifestaba casi como si fuese uno de tus hijos pequeños, y tan enorme era para ella la fuerza avasalladora de tu personalidad que dio muestras (solamente ante ti y quizá sin el hondo sufrimiento del niño) de carencia de memoria, despreocupación, mal genio e incluso de leve oposición en la medida en que se atrevía a ello. Y todo esto no puedo achacarlo a su débil naturaleza, ni a que nunca se sintió feliz, ni al peso de su desgraciada vida familiar. Para mí lo más evidente de tu relación con ella lo expresaste en una frase que ya tenemos por clásica, una frase un tanto sacrílega, pero que claramente demuestra sobremanera tu inocencia en lo que concierne a tu forma de tratar siempre a la gente: «El montón de basura que me ha dejado esta bendita».

Podría explicar otros ámbitos de tu influencia y de la oposición frente a ella, pero entraría ya en un terreno resbaladizo y me vería obligado a inventar. Por otra parte, cuanto más alejado te encuentras del negocio y de la familia, tanto más cordial, generoso, cariñoso y atento te manifiestas (bien es verdad que exteriormente, según lo creo), de la misma manera, por ejemplo, que un tirano cuando se encuentra ausente de su país carece ya de motivos para oprimir y puede manifestarse benigno incluso con las gentes más modestas. Es patente por ejemplo en las fotografías sacadas en Franzensbad, en que apareces entre los demás adoptando invariablemente una postura tan dominadora y despreocupada entre aquella gentecilla insignificante y triste que semejas un rey de viaje. Seguramente los hijos habrían pedido sacar de ello sus prebendas, siempre que en la infancia hubiesen sido capaces de aceptarlo, lo que resultaba improbable, y en lo que respecta a mi caso, no hubiese tenido que vivir permanentemente y de una u otra manera en el círculo más próximo, más estricto y más tiránico de tu influencia, que fue lo que verdaderamente hice en todo momento.

Con esto no solamente abandoné el sentido familiar, como tú aseguras, sino que me restaba todavía este sentido familiar, aunque de manera completamente negativa, radicando en la íntima ruptura contigo (que por supuesto nunca se realizaba). Pero también las relaciones con personas ajenas a la familia sufrieron —si ello es posible todavía más— por tu influjo. Te encuentras en un grave error si supones que por los ajenos lo hago todo con aprecio y fidelidad, en tanto que por ti y por los tuyos la indiferencia y la deslealtad me impulsan a no obrar. Lo recalco por milésima vez: es muy probable que me hubiese hecho también una persona hosca y tímida, pero de esto a lo que he llegado a ser queda verdaderamente aún un largo y tenebroso camino. Hasta donde he llegado en esta carta he silenciado deliberadamente un número relativamente exiguo de cosas; a partir de ahora y a continuación tendré que ocultar otras que, frente a ti y ante mí mismo, aún encuentro demasiado penoso manifestar. Menciono esto porque si el panorama general se hace a veces poco claro, no supongas que se debe a carencia de pruebas. Existen éstas, que podrían conferir a este panorama una aspereza insoportable. Es sumamente difícil encontrar el punto medio en este aspecto. Por ahora me limitaré a evocar hechos pasados. Ante ti yo había perdido la seguridad en mí mismo, que se convirtió en un permanente sentido de culpa. (Recordando esta permanencia, escribí en una ocasión certeramente sobre alguien: «Como si la vergüenza debiera sobrevivirle»[17]). No me era posible cambiar bruscamente al relacionarme con otras personas. Generalmente aumentaba frente a ellas el sentimiento de culpabilidad, pues, como he mencionado, tenía que reparar en ellas los reproches que, con mi convivencia, les hacías en el negocio. De igual modo tenías siempre algo que objetar, de manera directa u oblicua, a todas las personas con quienes yo estableciera alguna relación, y así mismo por esto tenía que disculparme con ellas. El recelo que en la tienda o en casa procurabas suscitarme contra la gente en general (ni una sola de las personas que significaron algo para mí durante mi niñez estuvieron a salvo de tus críticas destructoras), un recelo que a ti, de una forma peculiar, no te ocasionaba ningún inconveniente, tenías el suficiente ánimo para superarlo y seguramente no significaba

---

17 Esta frase es la que pone fin a la novela *El proceso*, publicada después de la muerte de Kafka.

más que el símbolo del tirano... Este recelo, que a mi manera infantil nada justificaba, ya que sólo veía a mi alrededor personas de decidida bondad, se trocó en mi interior en una inseguridad hacia mí mismo y en un temor grande a los demás. Por lo tanto, estaba claro que no tenía ninguna posibilidad de librarme de ti. Sin embargo, el que te engañases al respecto fue motivado sin duda por el hecho de que carecías de toda idea sobre cuáles eran mis relaciones y creías, suspicaz y celoso (¿acaso dudo de tu cariño?), que de alguna forma debías encontrar un resarcimiento por mi alejamiento de la vida familiar, puesto que era increíble que fuera de casa viviese de tal manera. Por otra parte, en este aspecto precisamente en la niñez me servía de consuelo esa misma certeza en mis juicios, y pensaba: «Es evidente que magnificas y, como es propio de los jóvenes, concedes a hechos sin importancia un excesivo relieve, como si fuesen excepciones notables». Pero más adelante, al ir cobrando un concepto más amplio de la vida, deseché ese bálsamo.

El judaísmo tampoco consiguió librarme de ti. En él se podría haber supuesto una redención, o, todavía más, hubiese sido concebible que los dos nos hubiésemos encontrado en él o que lo hubiésemos tenido como lugar de partida de ambos. Aunque ¿cuál fue el judaísmo que me enseñaste? A través de mi vida lo he considerado de tres formas distintas.

Cuando siendo niño, de acuerdo contigo, me recriminaba por ir poco al templo, porque no ayudaba, etc., no suponía que faltaba contra mí mismo, sino contra ti, y me embargaba una sensación siempre presente de culpabilidad.

Más tarde, de joven, no podía comprender que invocando el falso judaísmo que practicabas me recriminases que no persistiera (aunque fuese por lástima, observabas) en practicar también aquella farsa. Por lo que yo veía, era una farsa, un pasatiempo o quizá ni siquiera eso. Visitabas el templo cuatro veces al año, estabas más próximo a los indiferentes que a los que verdaderamente sentían la fe, recitabas rutinariamente las oraciones como textos carentes de sentido, me sorprendía muchas veces que fueras capaz de indicarme en el libro de oraciones el pasaje que precisamente en aquel instante estaban leyendo; por otra parte, la circunstancia de hallarme en el templo (esto constituía lo más importante) posibilitaba hacer discurrir mi imaginación por donde me placiese. Así entre bostezos y cabezadas mataba las horas que estábamos allí (después supongo que solamente en la clase de danza me aburrí tanto) y conseguía una pequeña diversión en los leves cambios que ocurrían, como cuando abrían el Arca de la Alianza, que me hacía recordar siempre las barracas de tiro al blanco, donde si se acertaba el tiro, se abrían igualmente unas puertecitas; pero allí aparecía siempre algo atractivo; en cambio, en el Arca veía siempre los viejos muñecos sin cabeza.[18] También estuve siempre muy inquieto, no solamente, como es natural, por las muchas personas desconocidas con las que tenía que establecer un contacto frecuente, sino sobre todo porque dijiste en una ocasión que también podían llamarme a mí para leer la Torá. Pasé años angustiado ante aquella amenaza; pero generalmente mi tedio fue constante, exceptuando a veces la Barmizwe,[19] que por lo demás sólo obligaba a saberse de memoria cosas ñoñas y que seguidamente terminaba en un estúpido examen, no menos inútil. Además, por lo que a ti se refiere, hubo también leves incidentes de poca importancia; por ejemplo, cuando salías a leer la Torá y lo hacías bien, para mí sólo tenía un significado social, o bien el día que se celebraba a los muertos te quedabas en el templo y me enviabas a casa, lo cual, quizá por el hecho de mandarme a casa y por carencia de una fe más honda, me hizo sentir durante mucho tiempo la sensación de que se trataba de algo inmoral. Si así era en el templo, en casa era probablemente más penoso aún. Acabamos por celebrar solamente la primera noche de la Pascua, que cada vez más fue convirtiéndose en una comedia, con ataques de risa, seguramente por la influencia de los hijos al ir haciéndose mayores. ¿Por qué debías someterte a esta influencia? Porque tú mismo la habías creado. Ésta fue, por consiguiente, la herencia religiosa que se me dio y a la que se agregó, como máximo, la mano extendida que señalaba a «los hijos del millonario Fuchs», quienes acudían también al templo con su padre en las grandes ocasiones. Yo no entendía que con tal herencia se pudiese hacer

---

18   Se refiere a los rollos en que están impresos los libros sagrado judíos.

19   Ceremonia judía, correspondiente a la primera comunión entre los católicos y a la confirmación entre los luteranos.

nada mejor que dejarla de lado cuanto antes, y este abandono me parecía precisamente la decisión más piadosa.

No obstante, más adelante lo reconsideré de otra manera y comprendí que también en este aspecto podía suponer que te traicionaba con pésima intención. De la reducida comunidad aldeana de la que provenías, casi un gueto, trajiste algo de judaísmo —no demasiado—, y todavía se disipó en la ciudad y durante tu permanencia en el ejército, aunque las impresiones y recuerdos juveniles eran suficientes para garantizar mínimamente una cierta vida judía, sobre todo porque tampoco requerías mucha ayuda en este sentido. Eras de una estirpe vigorosa y resultaba improbable que pudieras sentirte turbado por cuestione religiosas, si no incidían mucho sobre problemas sociales. La fe que tutelaba tu vida estribaba en dar por verdaderas, de modo incondicional, las opiniones de una determinada clase social judía. Vale decir que de hecho te dabas crédito a ti mismo, ya que tales opiniones formaban parte de ti. En ello restaba todavía bastante judaísmo, pero ya era muy pobre para transmitirlo a un hijo. Se disolvía en la totalidad cuando lo transmitías.

Se trataba en gran parte de impresiones juveniles incomunicables y en parte de miedo a tu persona. Además, a un niño con una capacidad de observación inusitada por el simple temor resultaba casi imposible hacerle comprender que las pocas futilidades que, en nombre del judaísmo, observabas con una indiferencia que correspondía a su irrelevancia estuvieran dotadas de un sentido elevado. El sentido que guardaban para ti consistía en ser recuerdos de tiempos pasados, y por esto querías comunicármelos, pero, como tampoco tú les dabas ningún valor en sí, sólo podías hacerlo machacando constantemente o amenazándome: por un lado, era imposible que lo consiguieses y, por otro, al no querer aceptar tú mismo lo falso de tu posición, tenías que irritarte mucho contra mí, a causa de mi aparente obstinación.

Todo esto no es un fenómeno aislado. Algo semejante ocurrió con la gran mayoría de esa generación puente judía que salió de un ambiente rural, todavía bastante piadoso, hacia las ciudades. Se trataba de algo que se producía naturalmente, pero en nuestro caso agregó una tensión sumamente penosa a unas relaciones ya sobrecargadas. No obstante, en este aspecto debes creerte tan libre de culpa como yo, pero necesitas explicar esta falta de culpa por tu forma de ser y por las circunstancias históricas, y no sencillamente por cuestiones al margen. No debes decir, por ejemplo, que estabas sobrecargado de trabajo y lleno de diversas preocupaciones para tener que preocuparte además de esos problemas. De esta manera acostumbras a manipular tu indudable inocencia, transformándola en una injusta reconvención a los otros. Pero esto en todos los casos, y en éste también, no es difícil de rebatir. Seguramente no se trataba de una formación religiosa que hubieses tenido que dar a tus hijos, sino de un ejemplo de vida. Si tu fe judía hubiese sido más firme, tu ejemplo hubiese resultado más persuasivo. Esto es evidente y no implica censura alguna, sino únicamente una defensa frente a tus reproches. No hace mucho tiempo leíste los recuerdos de juventud de Franklin. La verdad es que te los di a leer premeditadamente, aunque no, como hiciste notar irónicamente, por la corta referencia que hace a la alimentación vegetariana,[20] sino por las relaciones entre Franklin y su padre, tal como allí son descritas, y entre el autor y su hijo, según se deduce de los mismos recuerdos, escritos para el hijo y dedicados a él. No abundaré en detalles.

Tu forma de comportarte durante los últimos años me ha confirmado *a posteriori* esta concepción tuya del judaísmo, al suponer que me preocupaba más de los asuntos judíos. Puesto que tú experimentas *a priori* aversión por todas mis ocupaciones, y sobre todo por mi forma de interesarme en ellas, de la misma manera la sentiste en esto. A pesar de ello, se podía confiar en una pequeña excepción por tu parte. Lo que bullía en mí era con seguridad un judaísmo de tu judaísmo y, por ende, la posibilidad de conseguir unas relaciones distintas entre ambos. No quiero ocultar que estas cosas, al haberte interesado tú por ellas, podrían haberme sido sospechosas solamente por tal motivo. Nunca me atrevería a asegurar que en tal sentido soy mejor que tú. Pero tampoco lo hemos intentado nunca. Al intervenir yo, llegaste a odiar el judaísmo, encontraste ilegibles los textos judíos, te «producían

---

20 Kafka seguía una alimentación vegetariana.

asco». Esto podía entenderse como una afirmación de que el judaísmo que me habías enseñado de niño era el único verdadero y que fuera de éste nada bueno había. Pero no era fácil suponer que fuese ésa tu idea. Y entonces «el asco» (dejando de lado que no lo suscitaba el judaísmo, sino yo) únicamente podía expresar que admitías inconscientemente lo endeble de tu judaísmo y de mi consiguiente educación, que no deseabas verte forzado a recordarlo, y tu respuesta era un odio inmediato al menor recuerdo del mismo. Por otra parte, tu supervaloración negativa de mi nuevo judaísmo era excesiva. Para empezar, llevaba en sí tu maldición; después, la relación esencial con los demás fue definitiva para su evolución, y en mi caso, por consiguiente, fatal.

Con tu repulsión atacaste de una forma más certera mi actividad de escritor y todas las otras cosas ignoradas por ti que se vinculaban con ella. En esta actividad había obtenido efectivamente alguna independencia con respecto a ti, pese a que esa independencia se asemejaba en algo a la de la lombriz, la cual cuando un pie le aplasta la parte trasera trata de desprenderse con la delantera y se arrastra hacia un lado. En cierta medida me encontraba a salvo escribiendo. Podía percibir la aversión que, como es lógico, experimentabas también hacia mis escritos. Resultaba para mí extraordinariamente bienvenida. Es verdad que mi vanidad y mi orgullo se sentían heridos cuando recibías la aparición de mis libros con la misma frase que se hizo proverbial entre nosotros: «Déjalo en la mesilla de noche» (la mayoría de las veces estabas jugando a las cartas cuando llegaba un libro), pero en el fondo me encontraba satisfecho, no sólo por cierta malignidad que se alzaba contra ti, no sólo por la satisfacción de ver confirmada otra vez mi concepción de nuestras relaciones, sino sobre todo porque aquella fórmula significaba para mí: «¡Ahora eres libre!». Por supuesto, no era más que una ilusión, no era libre, o, en el mejor de los casos, todavía no lo era. Mis escritos se referían a ti; en ellos estaban las quejas que no podía hacerte directamente, apoyándome en tu pecho. Era una despedida de ti, expresamente dilatada. No cabe duda de que eras tú quien la imponía, pero tomaba la dirección que yo le imprimía. Sin embargo, ¡qué poco significaba todo esto! No merece recordarlo más que porque acaeció en mi vida. En otro contexto distinto sería completamente irrelevante, y además dominó mi vida como una premonición en la infancia, luego como una esperanza y después como una desesperación que me sobrevenía con frecuencia y dictó —usando otra vez tu forma, si se quiere— mis escasas e insignificantes decisiones.

Por ejemplo, la elección profesional. En este aspecto, me otorgaste una absoluta libertad, de acuerdo con tu forma de actuar, magnánima e incluso tolerante en este sentido, aunque en esto también te guiabas por la forma de tratar a los hijos, que para ti era la norma general de la clase media judía, o al menos por los criterios de valor de dicha clase social. Obviamente intervino también uno de tus malentendidos a propósito de mí. Por orgullo paterno, por ignorancia de mi verdadera manera de ser, por deducciones que extraías de mi debilidad, me has considerado siempre bastante trabajador. En tu opinión, de niño estudiaba incansablemente y después escribía también lo mismo. Nada más alejado de la verdad. Sin exagerar tanto, es mejor decir que estudié poco y no aprendí nada. El hecho de que en tantos años, con una memoria normal y con una inteligencia mediana, se me haya pegado algo nada tiene de raro; de todas formas, el resultado general en cuanto a conocimientos y, lo que es importante, en cuanto a la fundamentación de éstos es notoriamente lamentable, si se mide con el gasto de tiempo y dinero (en medio de una vida aparentemente tranquila y sin cuestiones), pero sobre todo en comparación con la mayoría de la gente que conozco. Esto es algo lamentable, mas comprensible. Desde que me es posible recordar, he tenido que preocuparme con tal intensidad en afirmar espiritualmente mi vida que todo lo otro me ha dejado sin cuidado. Entre nosotros hay estudiantes judíos de Instituto. Algunos pueden resultar un tanto raros. Es posible encontrarse con los casos más inverosímiles, pero mi fría indiferencia, apenas disimulada, inalterable, de un abandono infantil, rayana en el ridículo, plena de una autosuficiencia animal, indiferencia propia de un niño provisto de una imaginación autosuficiente, pero helada, no creo haberla encontrado nunca, y constituía seguramente también aquí la sola defensa contra el deterioro nervioso producido por el temor y los sentimientos de culpabilidad. Mi única preocupación era yo mismo; mas esta preocupación tomaba formas distintas. Una de ellas, por ejemplo, era la hipocondría. Se inició muy pronto. Cada tanto me invadía un cierto miedo por la digestión, la caída del pelo, una desviación de la espina dorsal, etc. Este miedo aumentaba en matices innumerables, hasta que se terminaba concretando en una enfermedad verdadera. No obstante, como no tenía ninguna seguridad, como esperaba que cada instante me confirmase nuevamente mi existencia y carecía de nada que fuese propio de un modo definitivo, exento de duda, mío, establecido, evidente para mí, como en realidad era un hijo desheredado, también lo más próximo, mi mismo cuerpo, se tornó para mí incierto. Crecía, le hacía larguirucho, sin saber qué hacer con mi altura. La carga era demasiado agobiante. La espalda se doblaba. No me atrevía casi a moverme, a hacer ejercicio, y me convertí así en un ser endeble. Todas las funciones que aún se cumplían, la digestión, por citar una, me llenaban de asombro, como si se tratase de un milagro. De esta manera quedaba libre el camino hacia la hipocondría, hasta que con los esfuerzos sobrehumanos de mi ansia por casarme (después me referiré a esto) la sangre me surgió de los pulmones. Seguramente fue causa de ello, en su mayor parte, el piso del Schönbornpalais,[21] que necesitaba solamente porque lo creía imprescindible para escribir, hasta el punto de que también este asunto debe ser mencionado aquí. Debo decir que mi situación no había sido provocada por un abuso en el trabajo, como siempre has creído. Durante años, con una salud óptima, estuve haraganeando en el sofá más tiempo que tú en toda tu vida, incluyendo tus enfermedades.

Si me iba corriendo de tu lado con aspecto de muy ocupado, lo hacía generalmente para ir a echarme en mi habitación. Así que el balance de mi rendimiento tanto en la oficina (donde la pereza, aunque no suele llamar demasiado la atención, era disimulada en mí por la timidez) como en casa es mínimo: si pudieras formarte una idea de él, quedarías espantado. Es posible que no tenga tendencia a la pereza, pero nada había que hacer para mí. Dondequiera que viviese, sentía el rechazo, vencido, sentenciado, y si bien luchaba desesperado por huir a cualquier otro sitio, esto no era tampoco un trabajo, porque constituía algo imposible que, con ligeras excepciones, era inaccesible a mis fuerzas.

---

21   Edificio en el que Kafka alquiló un piso en 1917.

En tal estado, se me otorgó la libertad para elegir una profesión. Pero ¿era verdaderamente capaz de usar esta libertad? ¿Confiaba en mis solas fuerzas para lograr una verdadera profesión? La medida de mi capacidad la establecías tú, más que cualquier otra circunstancia, más que, por ejemplo, un triunfo externo. Un triunfo me sostenía durante un momento y nada más; por contraste, tu peso me hundía sin tregua. Nunca conseguiría pasar de la primera clase en la Escuela Nacional. Creía estar seguro de ello, y no obstante lo conseguí y me otorgaron incluso un premio, pero el examen de ingreso al bachillerato era imposible que lo superase, y también lo logré; luego siguió el primer curso del Instituto, y tenía la seguridad de que me suspenderían, mas no me suspendieron, y así sucesivamente fui saliendo adelante. Pero no con el resultado de ir aumentando mi confianza, sino todo lo contrario. Siempre tuve la seguridad —y tu gesto de rechazo me proporcionaba una prueba evidente— de que cuanto mayores fuesen mis éxitos, peor terminaría todo. Con frecuencia imaginaba el espantoso tribunal de profesores (el Instituto es sólo el ejemplo más completo, pero todo lo que me rodeaba era similar) que se reunían después de aprobar yo el primer curso, o sea, en el segundo, y, una vez pasado éste, en el tercero, y así sucesivamente para considerar aquel caso único, que clamaba al cielo, y establecer cómo había conseguido yo, el más incapaz y en cualquier caso el más ignorante, colarme hasta aquel curso que naturalmente —por el hecho de que la atención de todos se concentraba en mí— volvería a vomitarme, con la consiguiente alegría de todos los justos librados así de semejante pesadilla. No es fácil para un niño vivir con ideas semejantes. ¿Qué podían importarme las lecciones en circunstancias tales?

¿Quién podía ser capaz de despertar en mí el menor interés? Las clases —no sólo las clases, sino todo lo que había a mi alrededor en aquella edad crucial— me interesaban con la tensión que el empleado de banca, tras una estafa (mientras permanece en su puesto, pero constantemente angustiado por temor a que se le descubra), debe sentir por las rutinarias operaciones bancarias de todos los días, unas operaciones que debe cumplir todavía como correspondientes a su cargo. ¡Tan remoto, tan insignificante era todo en conexión con el problema capital! Así prosiguieron las cosas hasta el examen final, que en verdad sólo pasé en parte gracias al engaño, y después el proceso hizo alto. Era ya libre. Si hasta entonces, a pesar de la represión del Instituto, no me había preocupado más que de mí mismo, más aún tenía que hacerlo cuando había llegado la libertad. Baste decir que no podría sentirme nunca libre para optar por una profesión, ya que no ignoraba que, al lado del problema fundamental, todo lo demás habría de resultarme tan sin importancia como las materias escolares del Instituto. La cuestión era hallar una profesión en que, sin herir mucho mi vanidad, me fuera posible mantener mejor esa independencia. Por consiguiente, era necesario decidirse por el Derecho. Algunas tentativas insignificantes en otro sentido, suscitadas por la vanidad, de una esperanza carente de base, como dos semanas de estudiar química y seis meses de lenguas germánicas, me volvieron a mi antigua posición. Quiero decir que estudié Derecho. Esto implicaba que durante los escasos meses que precedían a los exámenes, con un considerable desgaste nervioso, mi espíritu se alimentaría literalmente de serrín, que además habían masticado muchas bocas antes que yo, aunque esto, en cierta forma, me resultaba agradable, como antes me había agradado también el Instituto y luego mi trabajo como empleado, pues todo ello estaba de acuerdo perfectamente con mi situación. Por lo general, no dejaba de ser sorprendentemente previsor; ya en la niñez tuve conocimientos bastante aproximados respecto a los estudios y a la profesión. No esperaba de ellos ser salvado. Hacía ya mucho tiempo que había abandonado esa esperanza.

No manifesté, en cambio, la mínima previsión respecto a la importancia y a la posibilidad de un matrimonio. Este terror que hasta ahora ha sido el más grande de mi vida me acometió de una manera totalmente inesperada. ¡El niño había evolucionado tan despacio! ¡Estas cuestiones quedaban tan distantes de su ámbito! En alguna ocasión se me presentó la necesidad de considerarlas, pero no podía descubrir que en esta cuestión me enfrentaba con el examen más largo, más decisivo e incluso más penoso. En verdad, los proyectos de matrimonio fueron el esfuerzo más grandioso y esperanzado de salvación, pero después no fue menor el desastre final.

Puesto que en este terreno todo me sale mal, siento que no pueda tampoco hacerte entender estas tentativas de matrimonio. Y no obstante en esto estriba el éxito de toda la carta, ya que en estas tentativas estaban comprendidas, por una parte, todas las fuerzas positivas con que contaba y, por otra, en ellas convergían con notable saña todas las fuerzas negativas que he expuesto como un resultado coincidente de tu educación: la debilidad, la carencia de confianza en mí mismo, la conciencia de culpa, y establecían literalmente una unión entre mí y el matrimonio. Pero no me será fácil tampoco dar una explicación, por el hecho de que lo he estado considerando y cavilando todo con tanto tesón durante tantos días y tantas noches que yo mismo me siento confuso. Solamente puede hacerme más fácil explicártelo tu incomprensión, a mi parecer completa, del asunto. Corregir un poco esa interpretación tuya tan absolutamente errónea no lo encuentro demasiado arduo.

Para comenzar, entiendes el fracaso de mi matrimonio como uno más en la serie de mis fracasos. Nada debería objetar, si admitieses la explicación que he ofrecido de ellos en esta carta. Indudablemente, forma parte de la lista, mas tú no le concedes la importancia que corresponde al caso, y lo minimizas hasta el extremo de que cuando nos referimos a él estamos hablando de dos cosas radicalmente diferentes. Me arriesgo a asegurar que en toda tu vida no te ha pasado nada tan importante como lo ha sido para mí esta tentativa de matrimonio.

No quiero decir que no hayas vivido nada especialmente tan importante; por el contrario, tu vida ha sido más plena, más colmada de preocupaciones y de avatares que la mía, pero por ello no te ha sucedido nada de este tipo. Es como si una persona debiera subir cinco escalones bajos de una escalera y, por el contrario, otra sólo uno, pero tan elevado (por lo menos para él) como todos los otros cinco. La primera no subirá únicamente los cinco escalones, sino cien y todos los que sean, y su vida habrá estado llena de esfuerzo y sentido; mas aun así ninguno de los escalones que tuvo que subir será tan importante para él como para la segunda persona aquel único escalón, el primero, de tal altura que ni con todo su esfuerzo puede superar. No puede subirlo, pero tampoco desconocer su existencia.

Casarse, constituir una familia, admitir todos los hijos que lleguen, sostenerlos en la vida tan incierta e incluso guiarlos un poco es lo más que, según entiendo, puede lograr un hombre. El que sea un logro al que aparentemente acceden tantos sin grandes dificultades no demuestra lo contrario, ya que, considerándolo mejor, no son muchos los que lo consiguen, y esos pocos, por lo general, no lo «hacen», sino que sencillamente les «sucede». No alcanza tal logro aquel «máximo» de que te he hablado, pero aun así sigue siendo algo muy importante y decoroso (sobre todo porque el «hacer» y el «suceder» no es sencillo diferenciarlos con precisión). En resumidas cuentas, no se trata tampoco de desear este máximo, sino de acercarse lo más posible, aunque sea a una distancia lejana, pero aceptable; no es preciso remontarse hasta el centro del sol. Basta con arrastrarse hasta algún lugar de esta tierra, pequeño pero limpio, donde brille el sol a veces y sea posible calentarse algo.

¿Cómo estaba yo preparado para esto? De la forma más deficiente que se puede suponer. Tal se desprende de lo que antecede. Suponiendo que se precisen una preparación especial del individuo y la formación directa de unas condiciones anticipadas, no se puede decir que aparentemente me hayas ayudado mucho. Cierto que una posibilidad distinta era imposible, ya que en estas cuestiones resuelven los hábitos sexuales de una clase, un pueblo y una época determinada. En cierta forma interviniste, pero no mucho, puesto que la premisa necesaria de esa intervención no puede ser más que una confianza mutua, y ésta no existía en ninguno de los dos desde mucho antes del instante definitivo; tampoco tu intervención fue muy acertada, porque nuestras necesidades ya eran totalmente diferentes. Aquello que me afecta a mí a ti tiene que dejarte frío, y al revés: lo que en ti es inocencia en mí puede ser culpa, y a la inversa: lo que en ti carece de consecuencias puede ser fatal para mí.

Recuerdo ahora que una noche salí de paseo contigo y con mi madre. Nos encontrábamos en la Josefplatz, cerca del actual Banco de las Naciones, y empecé a divagar tontamente, con suficiencia, jactancia, arrogancia, serenidad (simulada), frialdad (verdadera) y tartamudeando —como casi siempre que hablaba contigo— sobre el tema del sexo. Os reproché que nada me hubieseis enseñado sobre el particular, que toda la información que tenía proviniera de mis condiscípulos, que hubiese estado sujeto a peligros ciertos (aquí mentí con desfachatez, a mi estilo, para parecer valiente, ya que por mi timidez no tenía una idea muy clara de tales «peligros»), aunque al final deslicé que por fortuna ya no existía ese riesgo, pues estaba informado, que no necesitaba consejos y que todo estaba en orden. De todas formas había tocado el tema sobre todo porque deseaba ponerlo al menos en cuestión, por curiosidad y, en último lugar, porque quería vengarme de alguna manera por algo que me habías hecho. Dado tu carácter, lo tomaste como algo sin importancia. Sólo dijiste poco más o menos que podrías aconsejarme bien para salir del bache sin ningún riesgo.

Quizá lo que quería era arrancar precisamente una respuesta así, por lo demás muy ajustada a la sensualidad de un muchacho bien alimentado con carne y todo tipo de buenas comidas, con poca actividad física y siempre vuelto hacia sí mismo; sin embargo, tus palabras hirieron de tal manera mi vergüenza epidérmica (o pensé que tenían que herirla) que me fue imposible proseguir hablando contigo de ese tema, pese a mi deseo de hacerlo, y puse punto final con una frase descomedida.

No resulta sencillo juzgar tu respuesta. Por una parte, llevaba una carga de apabullante franqueza, cierto eco primitivo, y, por otra, en lo que se refiere a la doctrina, tenía un desenfado muy de nuestra época. No recuerdo cuántos años tenía yo entonces, pero no debía exceder mucho de los dieciséis. A un muchacho como yo aquella respuesta debía resultarle curiosa, y el hecho de que se tratase de la primera lección directa, de importancia para mi vida, que tú me impartiste, muestra claramente lo muy alejados que estábamos. No obstante, su sentido real, que entonces se hundió en mi conciencia y sólo fue recobrado —no del todo— mucho tiempo después, era éste: me aconsejaste obrar según tu opinión, lo que entonces, aún más que ahora, era lo más bajo que podía imaginar. Tu propósito de impedir que yo llevase a casa, en mi cuerpo, algo de aquella inmundicia no era lo más importante que tratabas de evitar; con ello te preservabas solamente tú mismo y preservabas tu casa. Pero lo más importante era que tú permanecías más allá de tu consejo. Eras un hombre casado, un hombre puro, que se encontraba muy por encima de cosas semejantes. Seguramente todo aquello fue para mí más grave por el hecho de que el matrimonio me parecía también algo impúdico y me era imposible relacionar a mis padres con las generalidades que había oído comentar acerca del matrimonio. Esto te purificaba todavía más, te elevaba a una altura mayor. No podía imaginarme de ninguna manera que hubieses podido aplicarte a ti mismo un consejo semejante, por ejemplo antes de casarte. En ti no quedaba efectivamente el menor resto de basura terrenal. Y tú eras el que con unas breves palabras dichas sin ambages me sumergías en esa basura, como si estuviese predestinado de antemano a eso. Si el mundo no se componía nada más que de nosotros dos, como yo tendía a creer, era evidente que en ti terminaba la pureza del mundo y en mí, por efecto de tu consejo, empezaba la basura. Verdaderamente no podía comprender que me condenases de aquella manera; sólo podía explicármelo como obra de una vieja culpa y el más definitivo desprecio por tu parte. Y otra vez me sentí atrapado, con gran fuerza, hasta lo más hondo.

Aquí se advierte quizá de modo más patente la falta de culpa de ambos. A da a B un consejo sincero, conforme con su manera de interpretar la vida, no demasiado ejemplar, pero acostumbrado en la vida urbana de la época que vivimos y quizá positivo, evitando trastornos en la salud. Moralmente este consejo no es muy alentador para B, pero no existe razón alguna para que en el correr del tiempo no pueda aceptarlo naturalmente; por otro lado, puede optar por no seguir el consejo; además el consejo no es por sí solo una causa para que fracase toda la vida futura de B. No obstante, algo semejante es lo que sucede, y sólo porque tú eres A y yo soy B.

Ahora sí puedo tener una visión total y particularmente favorable de nuestra mutua inocencia, porque aproximadamente unos veinte años después, en circunstancias totalmente diferentes, ocurrió nuevamente entre nosotros un enfrentamiento igual, despiadado como hecho concreto, aunque bastante menos dañino en sí mismo, porque ¿qué restaba de mí a los treinta y seis años que todavía pudiera ser herido? Aludo a una rápida conversación que se produjo uno de aquellos días intranquilos que sucedieron a la noticia de mi propósito de casarme. Lo que me dijiste fue más o menos esto: «Probablemente se puso una blusa muy bonita, como saben hacer las judías de Praga, y por supuesto tomaste la resolución de casarte rápidamente con ella. Y cuanto antes, mejor, dentro de una semana, mañana, mejor hoy. No te comprendo.

Eres un hombre ya formado, vives en la ciudad y lo mejor que se te ocurre es casarte con la primera mujer que te parece propicia. ¿Acaso no existen otras posibilidades? Si es por temor, yo mismo iré contigo». Sin duda tus palabras fueron más crudas y expresivas, pero me es imposible ya recordarlas en detalle; quizá se me nublase algo la vista. Casi mi interés estaba más pendiente de mi madre, la cual, pese a que estaba en todo de acuerdo contigo, tomó algo que había sobre la mesa y abandonó la habitación. Me parece que nunca me humillaste tanto con tus palabras ni demostraste de manera más patente tu desprecio. Veinte años antes, al hablarme en términos similares, habría sido posible ver incluso en tus ojos algún respeto por el precoz muchacho de ciudad que a tu juicio podía ser ya iniciado sin mayores titubeos en la vida. Ahora la misma consideración sólo podría incrementar tu desdén, pues el adolescente que en aquel entonces tomaba su primera resolución quedó paralizado al tomarla, y hoy no lo ves completado por ninguna experiencia, sino veinte años más lastimoso que antes. La circunstancia de que me hubiese decidido por una muchacha no implicaba nada en absoluto para ti. Siempre habías coartado (inconscientemente) mi capacidad de actuar y ahora estabas seguro (inconscientemente) de lo que significaba. Ignorabas todo sobre mis tentativas de salvación en otros aspectos; por lo tanto, nada podías saber tampoco de las prolongadas reflexiones que me habían conducido a tomar la decisión de casarme. Debías tratar de adivinarlas, y, de acuerdo con el concepto general que te merecía, fuiste a topar con lo más detestable, lo más burdo, lo más risible. Y no dudaste ni un instante en hacérmelo saber de igual manera. La vergüenza que me infligiste era para ti insignificante, comparada con la vergüenza que mi acción echaría sobre tu apellido con ese matrimonio.

Estoy de acuerdo en que sobre mis tentativas de matrimonio podrías decirme muchas cosas, y en efecto así lo has hecho. No podrías respetar demasiado mi decisión después de renunciar dos veces a mi compromiso con F.[22] y de haberlo renovado otras dos veces, después de haberos llevado

---

22 Kafka se comprometió con Felice hacia final de mayo de 1914. La conoció en agosto de 1912, estando en casa de Max Brod. Anuló el compromiso en julio de ese año, y lo mismo volvió a suceder entre los meses de julio y diciembre de 1917.

a ti y a mi madre hasta Berlín para asistir al compromiso, y todo para nada. Esto es verdad, pero ¿cómo sucedió?

La idea primordial que informaba las tentativas de matrimonio era completamente verdadera: crear una familia, independizarme. Una idea que sin duda alguna encuentras excelente, aunque en realidad viene a ser como ese juego de niños en el que uno toma la mano del otro y grita al mismo tiempo: «Anda, márchate, vete. ¿Por qué no te vas?», lo cual en nuestro caso se complicó, porque tú siempre decías con sinceridad ese «Vete, vete», pero al mismo tiempo —y también desde siempre— me lo impedías ignorándolo, me lo impedías por el hecho de tu sola presencia.

Aquellas dos muchachas, aunque por una mera casualidad, resultaron bien elegidas. El que puedas creer que yo, el tímido, el indeciso, el receloso, tomara repentinamente la decisión de casarme, fascinado por una blusa, constituye una prueba de tu completa incomprensión. Por el contrario, ambos matrimonios habrían sido impuestos por la razón, si es lícito definir así el hecho de que aplicase mi capacidad de reflexión al proyecto todo el día y toda la noche, la primera vez durante años y la segunda durante meses. De las dos muchachas ninguna me decepcionó, y en contraste yo decepcioné a las dos. Hoy me merecen exactamente la misma opinión que cuando pretendía casarme con ellas.

No se trata de que en mi segundo intento de matrimonio haya desechado las experiencias del primero y que, por consiguiente, haya actuado con despreocupación. Eran casos harto distintos: precisamente las experiencias del primero me proporcionaban esperanzas en el segundo, que presentaba unas perspectivas muy superiores.

¿Por qué entonces no me he casado? Existían unos obstáculos concretos, que siempre los hay, pero la vida estriba precisamente en superarlos. No obstante, el principal obstáculo, por desgracia sin relación con el caso individual, parecía estribar en que debo ser intelectualmente inepto para el matrimonio. Esto se revela en el hecho de que, a contar desde el momento en que tomo tal decisión, me es imposible dormir, la cabeza me arde día y noche, mi vida se torna insoportable y ando tambaleándome, presa de la desesperanza. Lo que causa todo esto no son en verdad las preocupaciones.

Cierto que hay mil preocupaciones que atañen a mi temperamento melancólico y a mi pedantería, pero no son ya lo definitivo. Es verdad que efectúan su labor como los gusanos en el cadáver, pero es otra cosa lo que me hiere de una forma definitiva. Es la presión total del temor, de la debilidad, del autodesprecio.

Procuraré explicarlo más detalladamente: en este asunto del matrimonio convergen, según parece, dos cosas contrapuestas en nuestras relaciones, y lo hacen con mayor intensidad que en cualquier otro aspecto. El matrimonio es sin duda la seguridad de la propia liberación y de la suprema independencia. Formaría una familia, que en tu opinión es lo más importante que puede uno lograr, lo más importante que tú mismo has logrado. Entonces me igualaría a ti. Todas las vejaciones y tiranías pasadas y continuamente renovadas quedarían olvidadas. Todo sería, sin duda, maravilloso, pero ahí estriba precisamente lo incierto. Es excesivo. No es posible pretender tanto. Es como si uno fuese un prisionero, y no sólo pretendiese fugarse, lo que quizá fuese factible, sino que aspirara a transformar simultáneamente el edificio de la cárcel en un palacio de recreo para su propio disfrute. Si se fuga no puede realizar esa transformación y si la realiza no puede fugarse. Si pretendo terminar con la desdichada relación que nos une e independizarme, debo hacerlo por caminos que, en lo posible, no tengan la mínima conexión contigo; sin duda el matrimonio es lo máximo y lo que concede una independencia más digna, pero se encuentra también en la más estrecha relación contigo. El propósito de vencer esta situación tiene por esta causa algo de demencial, y el menor intento puede llevar casi a la locura.

Justamente esta estrecha relación es la que en parte me atrae al matrimonio. La igualdad que de hecho se fijaría entre los dos, y que a ti te sería posible comprender como ninguna otra, se me presenta tan hermosa porque podría ser un hijo libre, agradecido, exento de culpa, franco, y tú serías un padre comprensivo, contento, indulgente, nada despótico, satisfecho. Pero para conseguirlo sería preciso abolir todo lo sucedido, suprimirnos a nosotros mismos.

Tal como somos, el matrimonio me resulta prohibido por el hecho de ser precisamente tu dominio propio. Algunas veces me imagino el mapamundi desplegado y tú extendido transversalmente sobre él. Me parece entonces que para poder vivir no puedo contar más que con las regiones que tú no ocupas o que están fuera de tu alcance. Estas partes, de acuerdo con la idea que tengo formada de tu grandeza, ni son muchas ni muy habitables, y el matrimonio no está entre ellas.

Este símil demuestra claramente que lo que pretendo decir no es de ninguna manera que con tu ejemplo me alejases del matrimonio, como me separaste de la tienda. Todo lo contrario, pese a que pueda haber algún lejano parecido. En mi criterio, vuestro matrimonio tenía mucho de ejemplar en la fidelidad mutua, en la ayuda que os prestabais, en el número de hijos; incluso cuando los hijos se fueron haciendo mayores y turbaron cada vez más la paz hogareña, el matrimonio en sí continuó intacto. Quizá fue precisamente ese ejemplo el que suscitó el alto concepto que tengo del matrimonio. El hecho de que mi propósito de casarme no se convirtiera en realidad tiene su origen en otra causa: tu relación con los hijos, que compone el asunto de toda esta carta.

Es frecuente la opinión que asegura que el temor al matrimonio proviene en ciertos casos de que uno teme que los hijos le hagan pagar más adelante los pecados en que uno mismo ha incurrido con sus padres. Creo que en mi caso no tiene esto mucha importancia, puesto que mi sentimiento de culpa proviene directamente de ti mismo y está demasiado saturado de su propia singularidad. Este sentimiento de singularidad constituye parte de su atormentadora esencia y está fuera de toda suposición que sea repetible. Tengo que decir que un hijo como yo, mudo, insensible, seco, caído, me resultaría insoportable. Es posible que, de no haber otra salida, escapara de él, emigrase, como tú pretendías hacerlo en el primer momento por causa de mi matrimonio. Es posible que esto también incidiera en mi incapacidad para el matrimonio.

Sin embargo, es mucho más importante el miedo por mí mismo. Hay que comprenderlo así; ya he indicado que con mi actividad literaria y todo lo que ésta lleva consigo he realizado débiles intentos de independizarme, de huir, con un resultado casi negativo. Muchas cosas me persuaden de las pocas posibilidades de proseguir adelante. Pese a ello, es mi obligación —o, todavía más, la razón de toda mi vida— hacer posibles tales tentativas y no arriesgarlas a ningún peligro que esté en mis manos evitar, ni a la más pequeña posibilidad de tal peligro. En el matrimonio estriba esa posibilidad de peligro; sin duda es también una posibilidad de mayor progreso, pero para mí es suficiente con que entrañe una posibilidad de riesgo. ¿Cómo saldría de ello si verdaderamente fuese un riesgo? ¿Cómo podría seguir viviendo en el matrimonio con la sensación, quizá inverificable, pero desde luego incontrovertible, de ese riesgo? Es cierto que puedo dudar ante esa alternativa, pero la decisión final es segura: debo renunciar. La fábula del pájaro en mano y los cien volando sólo es aplicable en una mínima parte a mi caso. Nada tengo en la mano. Los pájaros están todos volando, y, no obstante —así lo establecen las condiciones de la lucha y la miseria de la vida—, tengo que optar por esa nada. En la elección de una profesión tuve que optar de un modo idéntico.

El obstáculo principal que se opone a mi matrimonio es, no obstante, la convicción —que ya nadie puede modificar— de que el sostenimiento de una familia y su misma dirección implican obligadamente lo que he reconocido en ti, y necesariamente todo junto: lo bueno y lo malo, tal como se da en ti de manera orgánica, compacta, es decir, fortaleza e ironía frente a los otros, salud y cierta desmesura, soltura de palabra y reserva, autoconfianza e insatisfacción con los demás, dominio del mundo y despotismo, conocimiento del prójimo y desconfianza ante él; después están las ventajas sin sus correspondientes defectos, como son la laboriosidad, la perseverancia, la presencia de ánimo, la imperturbabilidad. De todo esto, en parangón contigo, no tenía yo nada, o apenas un poco. ¿E intentaba casarme, cuando tú mismo debías luchar arduamente en tu matrimonio, e incluso declararte vencido ante los hijos? Claro está que no me formulé esta pregunta de una manera explícita ni le di una respuesta explícita. De haber sido así se me hubiesen hecho evidentes las reflexiones que se hace todo el mundo sobre esta cuestión y se habrían hecho patentes otros hombres diferentes de ti (para citar sólo uno, muy distinto, entre los conocidos: el tío Richard[23])

---

23   Dr. Richard Löwy, abogado de Praga, de quien Kafka fue pasante una temporada, en 1906.

que se han casado y que muy pocas veces han caído bajo el yugo del matrimonio. Esto ya implica mucho, y para mí hubiese sido suficiente. Pero esta pregunta no me la hacía, sino que la vivía desde la infancia. No fue sólo el matrimonio lo que me condujo a examinarme por vez primera a mí mismo, sino que ante cualquier futilidad me ponía a prueba. Tú me persuadías con tu ejemplo y con tu educación (como he procurado demostrar aquí) de mi incapacidad, y lo que tenía validez ante cualquier futilidad y confirmaba tu razón tenía que tener validez así mismo para lo más importante, para el matrimonio. Hasta que experimenté el deseo de casarme, fui creciendo poco más o menos como un hombre de negocios que vive al día, con sus preocupaciones y presentimientos negativos, aunque sin una idea clara del estado de sus cuentas. Consigue algunos modestos beneficios, que por ser insólitos no deja de encomiar, exagerar en su fantasía, pero la verdad es que pierde dinero sin cesar. Todo está reflejado en los libros de contabilidad, pero jamás se hace un balance. Llega un momento preciso en que la necesidad exige hacer un balance: la tentativa de matrimonio. Y son tan enormes las cantidades que son necesarias para ello que equivale a que nunca se hubiese conseguido el más mínimo beneficio. No existe más que un crecido déficit. ¡Y ahora cásate y no pierdas la razón!

En esto ha venido a dar mi vida pasada a tu lado, y he aquí las perspectivas para el futuro.

Si consideraras ahora los fundamentos del miedo que me infundes, podrías decir: «Aseguras que quito importancia a las cosas, si explico nuestra mutua relación acusándote solamente a ti; pero estimo que, pese a tus aparentes esfuerzos, te lo pones bastante más fácil que yo, y por lo menos tratas de que te resulte mucho más tolerable. En primer término, rehúsas toda culpa y toda responsabilidad, y en esto es semejante el comportamiento mutuo. No obstante, mientras yo, con toda la sinceridad que me es posible, te echo a ti toda la culpa, tú pretendes ser al mismo tiempo omnicomprensivo, superdelicado, y dejarme a mí libre de toda culpa. Esto último, por supuesto, sólo lo obtienes en apariencia (no pretendes tampoco más), y es posible leer entre líneas, pese a todos tus circunloquios sobre carácter y naturaleza, contradicción y desamparo, que verdaderamente yo he sido siempre el agresor y que todo lo que has hecho tú ha sido sencillamente defenderte. Por lo tanto, puedes asegurar que has obtenido ya bastante con tu franqueza, ya que has podido hacer evidentes tres cosas: la primera, que resplandezca en ti la inocencia; la segunda, que el culpable sea yo, y la tercera, que por simple generosidad esté dispuesto no sólo a perdonar, sino (algo que es más, pero a la vez menos) a demostrar también que soy inocente y a procurar creerlo tú mismo, pese a que esto, por supuesto, impugna la verdad. Eso podría serte suficiente, pero no te satisface. Te has propuesto vivir completamente a mi costa. Acepto que peleemos el uno contra el otro, pero existen dos formas de lucha. La lucha entre caballeros, donde cotejan sus fuerzas dos antagonistas independientes; cada cual combate por su cuenta, perdiendo uno solo o triunfando uno solo. Y la lucha del parásito, que no sólo hinca su aguijón, sino que además sorbe la sangre para sustentarse. Así es exactamente el combatiente mercenario. De esta manera eres tú. Careces de capacidad para vivir por ti mismo, pero para poderte organizar en la vida con facilidad, sin remordimientos y sin tener que hacerte reproches, manifiestas que yo te he privado de tu capacidad para la vida y me la he guardado en el bolsillo. ¡Qué puede significarte entonces tu incapacidad, si la responsabilidad es mía! Pero luego resulta que te abandonas tan tranquilo y toleras que yo tire de ti física y espiritualmente por la vida. He aquí un ejemplo: todavía no hace mucho tiempo, cuando querías casarte, pretendías a la vez no casarte, como declaras en esta carta; pero, para ahorrar preocupaciones, intentabas que yo te ayudara a no casarte, prohibiéndote el matrimonio por el oprobio que esta boda arrojaría sobre mi nombre. Pero tal cosa ni me pasó por la cabeza. En primer lugar, yo no deseaba ni en este caso ni en los otros crear obstáculos a tu felicidad y, en segundo lugar, no quiero oír nunca un cargo tal en boca de un hijo mío. Aunque el haberme dominado y dejarte expedito el camino para el matrimonio, ¿de qué me ha servido? Absolutamente de nada. Mi antipatía por este matrimonio no lo hubiera evitado; al contrario, es seguro que habría servido de estímulo para casarte con la muchacha, porque el intento de evasión, como tú lo denominas, se habría consumado con la boda. Y mi permiso para el matrimonio no ha evitado tus reproches, puesto que demuestras que, sea cual sea el caso, la culpa de que no te hayas casado es sólo mía. Aunque en este aspecto como en todos los otros sólo has podido demostrarme que todos mis reproches eran pertinentes y que todavía faltaba uno, el más certero de todos: el reproche de insinceridad, de servilismo, de inutilidad. Si no estoy muy equivocado, continúas viviendo a costa mía con esta carta».

Respondo a esto, en primer término, que todos los cargos que en parte pueden ponerse también en contra tuya no provienen de ti, sino precisamente de mí. Ni aun tu desconfianza en los otros es tan enorme como la desconfianza en mí mismo en que me has educado. No rehúso alguna legitimidad en tu acusación, que agrega así mismo un nuevo elemento a la peculiaridad de nuestras relaciones. Es obvio que las cosas no encajan tan bien en la realidad como las pruebas en mi carta. La vida es algo más que un «puzle» que hay que resolver; pero con la corrección que deriva de esta carta, una corrección que no es posible ni deseo ampliar hasta pormenores, creo que se ha conseguido algo tan cercano a la verdad que puede serenarnos un poco a los dos y tornarnos más aceptables la vida y la muerte.

Franz